coleção
rosa manga

NINGUÉM NESTA FAMÍLIA MORRE DE AMOR

Daniel Knight

NINGUÉM NESTA FAMÍLIA MORRE DE AMOR

1ª edição, novembro de 2021, São Paulo

LARANJA ● ORIGINAL

A ateia é uma única história esparramada em três romances, uma trilogia desmontável, que pode ser lida em qualquer ordem.

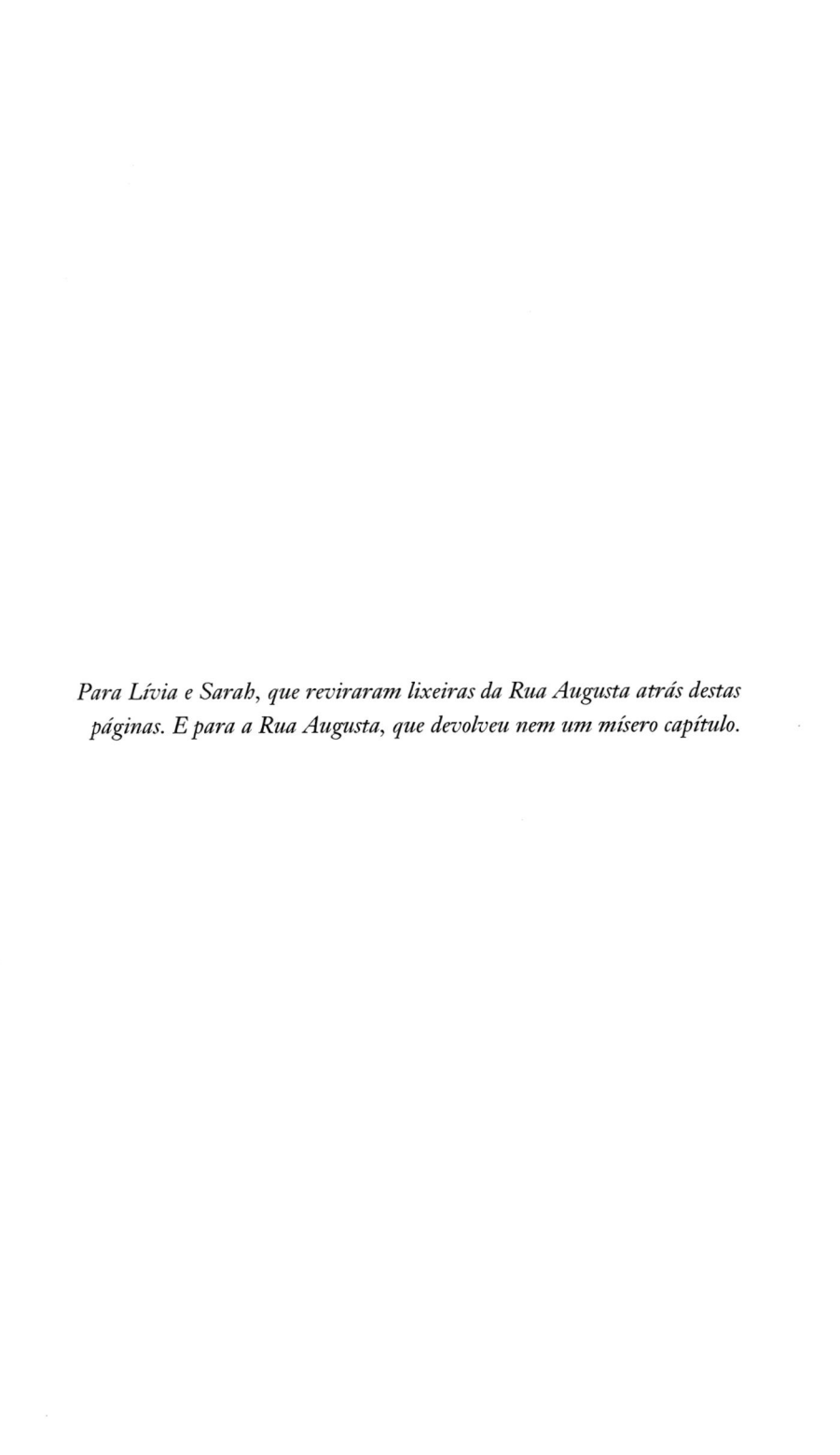

Para Lívia e Sarah, que reviraram lixeiras da Rua Augusta atrás destas páginas. E para a Rua Augusta, que devolveu nem um mísero capítulo.

Lamento pelo teu passado, que não viu tua pele desnuda ao lado do meu corpo jovem.
Alda Merini, poeta

Todo mundo é mais bonito por dentro que por fora.
Jorge Pereira, médico legista

I

Se a saúde da mãe não desmelhora, a gente se vê duas vezes, 24 e 31 de dezembro. Durmo lá. Este ano não alcançou a média de sustos: servi de acompanhante em duas baterias de exames e pousei no hospital quando ela desmaiou. Caso existisse moeda e crédito emocional, meu saldo vermelharia sempre que nos falamos. Dependendo do andor da conversa, a virilha coça, suo frio, o joelho estala. Os exames mostraram hipoglicemia leve e uma saúde de ferro para marmanja da minha idade, milagrosa para uma senhora. Por que, então, o quadro não se estabiliza?

No dia do desmaio, a vizinha acionou os paramédicos. Me vi na obrigação de agradecer, apesar da consciência de que ela buscava meia-hora de alvoroço com uma dúzia de fardados, não ajudar.

Chegaram rápido, num estardalhaço de botas e testosterona. Enfiaram uma maca no elevador social. Bateram, bateram e se preocuparam com a passividade da porta.

– Dona Rebeca?
– A senhora tá aí?
– Dona Rebeca?

Solicitaram reforço dos bombeiros, porque o município permite que paramédicos infrinjam regras de trânsito, não a sacralidade do lar. Arrombaram.

Segundo o enfermeiro que me relatou a ocorrência, nove homens, seis de macacão do Samu e três de uniforme vermelho e amarelo, surpreenderam a paciente "como Deus a jogou no mundo". Mais preciso dizer "nua em pelo"? Tenho para mim que minha mãe nasceu de roupa, com a juba tingida, contando as rugas e escorada em uma parede azul. Pasma com o estrondo, se insinuou ("rapazes, por favor") acenando tchauzinho para os invasores e perdeu a consciência em um ritmo que fez com que a queda pontuasse a frase, paf. Não indaguei em que momento foi vestida nem por quem.

Por precaução, empreguei uma cuidadora: constrangimento e dor na consciência, eis duas coisinhas que adoro evitar. A mãe nem experimentou a moça. Serviu chá com bolacha de laranja, explicou a mania de solidão, se gabou da saúde ("tinindo"), agradeceu e dispensou os serviços. Assim que a visita saiu, me ligou; que cancelasse o combinado e nunca mais tramasse outro do gênero sem consultá-la. Não elevou o tom de voz. Ponderou meus argumentos. Pediu o que queria impor e conteve as indiretas. Mesmo assim, acordei de madrugada para choramingar na cozinha por causa de – que jeito ela me tratou?

Me inquieto com um mês de antecedência porque tenho que ir para lá na véspera de Natal. Dispenso calendário, capaz de adivinhar a última semana de novembro com base no meu grau de nervosismo. Já me abri a respeito; não funcionou. As amigas encasquetam de se habilitar como defensoras da minha mãe.

– Coitada. Que mal ela te fez?

– Não é legal voltar pro ninho?

– Quem dera a minha me esperasse todo ano.

– Para de ser neurótica. Enche a pança de comida caseira e pronto.

– O que que tem de tão problemático?

Na volta, antes de me acomodar no ano que recomeça, levo

semanas para diminuir a tensão que trago da casa dela cravada na escápula. O marido se aflige por mim: calado, inerte. Podia ser pior. Já foi e voltará a ser. Pelo menos, nunca me veio com "mãe só tem uma". Se posso escolher de que decepção vou morrer, prefiro flagrante na cama com outra.

A cuidadora não aceitou me reembolsar do mês adiantado. O marido quis cobrir o prejuízo, aí quem não aceitou fui eu. Vou contar para a mãe que estou grávida e que a neta é dela, ainda não resolvi se dia 24 ou 31. Fantasiei a cena trocentas vezes. Quando acontecer, o momento real vai acabar com jeitão de peça mambembe.

II

Por que não gosto dela? Tanto faz. Pare de se culpar. Deus ordenou honra, não carinho. Se o quarto mandamento prescrevesse "*ama* teu pai e tua mãe para que se prolonguem os teus dias na terra", eu teria que pechinchar vaga no céu. Do jeito como está redigido, sigo à risca. Faço graça, não tiro sarro. Eu, hein? Não desobedeço os mandamentos. Não pense você que isso me isenta de culpa. Minhas amigas têm razão: coitada, que mal ela me fez? Tem mãe muito pior por aí: mãe que abandona, que agride, que, que, que. Sou uma ingrata? Me castigo cutucando o corinho da sola do pé até que a meia incomode, até que doa para caminhar. Não manco porque alguém vai concluir que exalo inveja da minha irmã e recomendar meditação.

Uma vez, eu era uma criança assustadiça, e a Andrea, a empregada lá de casa, uma senhora mineira que a mãe mandava vestir traje branco de serviçal, me disse que tinha medo dela.

– Ela foi má com você?

– Ques ideia. Tua mãe é boa feito chuva.

– Então por que você tem medo dela?

– Oxe, sei lá. Porquê não serve em receita de medo, não.

A Andrea voltou para o sul de Minas depois da aposentadoria. Vira e mexe, vem para São Paulo ver a bisneta e não deixa de dar um pulo aqui. Tá tão velhinha, até encolheu. Para confirmar se minha infância continua inteira, pego emprestadas as lembranças dela.

– Andrea, você disse que tinha medo da minha mãe?

– Mas você desenterra cada uma, hein, tranqueira?

– Disse, não disse?

– Quando você era desse tamanico.

– Isso.

– Tão magrinha, parecia feita de batata palha. Disse, sim. Por quê?

– Pra trocar meu jeito de lembrar pelo seu.

Se ela morre antes de mim ou acaba caducando, minha infância e adolescência vão junto. Vou ter nascido aos vinte e três anos.

Para a Andrea que apresentei meu primeiro namorado. A mãe não se opôs à relação, mas se recusou a conhecer o rapaz. Não me lembro de que motivo inventou para proibir que ele almoçasse lá em casa, apenas dos gestos de maestrina sem orquestra, da careta, da luz acesa em hora clara, da disposição dos móveis em cima do carpete da sala, da espessura do ar depois de oito meses de seca. Não me revém nem uma palavra. Imagino que quisesse manter a hierarquia de idade entre as irmãs.

– Não tem hierarquia, é precedência.
– Quando a Isis trouxer namorado, aí você busca o seu.
Ela disse isso? Vou perguntar para a Andrea.

Pelo que apurei, nenhuma outra mulher da família, tanto faz de que ramo ou século, namorou mais de um antes do casamento. A problemática aqui namorou três. No começo, o pioneirismo me trouxe uma reputação que oscilava entre puta (no imaginário das tias) e desbravadora (no das primas). Hoje, quem se recorda não dá importância, como se tivessem me flagrado fumando maconha no ensino médio: irrompe um escândalo, lições de moral se acumulam e se repetem até que, se o tempo prova que a menina não se viciou, são consideradas um sucesso, e o escândalo se dissolve, condescendência de matronas de cabeça branca (e aberta) com a asneira das jovens. Meu pai não se manifestava, e a mãe achava uma caipirice que as parentas se preocupassem com quantos meninos beijavam que partes do meu corpo.

– Não é contra você, a picuinha.
– Como não?
– Ninguém tá interessada em quantos você teve antes de casar. Querem me jogar na cara quantos eu tive depois.
– Tem certeza que é isso?
– Tenho, sim.
– Então, por que não enchem o seu saco?
– Porque encherem o seu me incomoda muito mais. Você não percebeu?

Não, não percebi. Mas ela acertou; não era comigo. Que desilusão. Eu não podia nem incomodar por conta própria; até para ser irritante, me subordinava a outra e sempre à mesma pessoa.

Não venha com segunda mãe, não fale em mãe postiça. Se não pariu ou não registra certificado de adoção, não é mãe. Meu afeto pela Andrea e a influência dela na minha criação não se contestam; daí a ser mãe, outros quinhentos. Tive vontade, ela também; quem nunca quis o impossível perdeu uma das experiências que distraem a morte. Recomendo, mas uma única vez – e antes dos vinte anos, senão vira hábito.

Meu rumo cruzou com o da Andrea por sorte, contra a genética e independentemente da vara da infância e da juventude. Com mãe, rumo não cruza.

Levei meu namorado pro café um domingo à tarde. A Andrea morava na Luz, pertinho da estação. Fomos de táxi e blasfemamos de medo de: assalto, sequestro, estupro, assassinato, extorsão, batida policial e ataque gratuito à mão armada. Pedi o bolo feio que eu adorava. Parece vômito pisoteado, mas deleita; o papa devia proscrever. Eu gostava tanto da feiura quanto do sabor.

O café com bolo se deu sem contratempo.

– Lembra quando você comeu uma minhoca viva, Ju?

– O senhor cuide bem da minha princesa.

– Você contou do Gordon?

Meu namorado achou a Andrea uma figura.

– Uma figura, sim, mas é minha.

Me senti uma aproveitadora. A gente jamais iria na Luz se minha mãe aceitasse almoçar com o fedelho que me apalpava.

III

A mãe se entoca no apartamento da Vila Madalena, de onde me mudei por último. Incomodaria menos se ela morasse num lugar que não me habita? E ano que vem, com a bebê, como foi? Gravidez implica em parar com Natal fora de casa. Espantoso que o marido tenha permitido até agora. Minha sogra acha um absurdo. Vivíamos repetindo duas versões do mesmo diálogo, dependendo do humor dela.

Versão A (bênção de nora):
– Lugar de mulher é aqui, com o marido.
– Minha mãe não tem marido.
– Como não? Seu pai é o quê?

Versão B (filha de víbora é que nem filho de peixe):
– Lugar de mulher é aqui, com o marido.
– Minha mãe não tem marido.
– Você tem.

No fim, a tradição dos dois encontros anuais na casa da mãe se manterá. E incluiu minha filha a partir do próximo ano.

Não confio em mim mesma sem instrução formal; me matriculei em um workshop de maternidade. Módulo um: vínculo. Bati em retirada no meio da aula introdutória. Peço licença para ir no banheiro e não minto; fui no banheiro, de casa, tomar banho de sais para ver se despregava a inhaca. A bebê, remeti ao fabricante. Meu cabelo se impregnou de cheiro de madame filósofa do parto humanizado, cruz-credo.

As reformas se limitaram a azulejos, pastilhas e canos. O condomínio não debandou da Rua River, o 101 não erra de andar. Contra determinação da síndica, o prédio não desalojou nenhum dos fantasmas. Este apartamento me reconheceria até de burca. Disfarço que me ofendo quando alguém pergunta para foto antiga "que lugar é esse?". Quem age assim tende a batizar ferramentas de "treco" e conhecidos de Fulano.

– Se você não tem intimidade, eu tenho. Respeito, por favor.

Me desconcerto com a falta de tato. No entanto, admito que também cometeria a mesmíssima gafe se não se tratasse do lugar meu: a máscara de madeira suspensa no meio da sala bastaria para que eu titubeasse antes de reconhecer a moradora, que dirá a morada. Meu pai nunca entrou aqui com essa decoração. Ainda bem, viu? Bateria direto para o confessionário mais próximo, sem saber exatamente qual pecado precisava expiar. Não critico o que não entendo (pelo menos, não na presença da mãe), mas meu ombro se recuperaria de menos hematomas se a bendita da máscara se pendurasse na parede.

– O que impede?

– É japonesa.

Nem sob tortura, pergunto se no Japão não tem parede.

O quarto, a mãe insiste que me pertence. Não de todo sem razão; os livros no armário são meus, assim como as blusinhas e calças bonitas dentro (e cada vez mais apertadas fora) do guarda-roupa. A cama se acopla bem à minha massa. Do nada, a mãe me liga e pede permissão para ceder *meu* quarto para uma visita qualquer durante xis dias. Fala "hóspede" em vez de "visita" e jamais conta quem vai vir. Questiono com a mesma frequência, jamais. O quarto da minha irmã virou escritório faz tempo, mas ainda se chama quarto da Isis.

IV

Quando eu tinha catorze anos, a mãe parou de ir na igreja, se declarou ateia e pediu divórcio: assim, em sequência, como se as ações se unissem por laços de causa e efeito. Meu pai argumentou que uma coisa não necessariamente leva às outras; há quem deixe de frequentar a igreja e continue casada. Pra que esse radicalismo todo? Também há quem se divorcie e siga cumprindo os compromissos semanais na casa de Deus. Sem reação: o raciocínio do marido soava estapafúrdio, como se tencionasse convencê-la a desbater um carro ou a desenforcar um gato.

– O que você quer que eu diga, Evaristo?

Não sobrou espaço para debate. A mãe comunicou um fato, não uma escolha nem uma decisão. Mesmo se quisesse, não dava para voltar atrás.

– O que você quer que eu faça?

– Se eu controlasse crença, não teria parado de acreditar no Chupa-cabra.

Repentino? Não. Antes daquela declaração de falta de fé, muito neurônio se queimou, muita unha se roeu. Por que, então, ela não expôs os conflitos em que se extraviara? Por que não pediu nossa ajuda? Ninguém tiraria a limpo.

Como não me chocar? Onde adquirir equipamento que capte algo nela além de capricho ou desvario? Dispúnhamos de tão poucas ferramentas interpretativas que poderíamos tirar no cara ou coroa.

– Cara, ela pirou; coroa, ela tá de sacanagem.

Minha irmã e eu, descontado o susto inicial, oferecemos à mãe a aversão com que nos ensinara a tratar ateias.

– Inimiga.
– Não dá trela.
– Ignora.
– Renega.

O pai abdicou da timidez e da moleza verbal. Repousou um braço de manga arregaçada por trás do ombro de cada filha, ele que não era de pele com pele.

– A mamãe nunca vai ser inimiga.
– Nem se uma pisar no rim dela.
– Nem se a outra espancar uma desconhecida no shopping.
– É contra a natureza que mãe torça pelo mal das filhas.

Para Isis, balela; para mim, ele acreditava na ilusão com que pretendia nos engambelar. Meu pai não se presta a ardis; não por ser o negociante mais íntegro da Zona Oeste, mas por preguiça. A mãe o proibiu de nos responder sobre o funcionamento da sociedade depois que eu, monstrinha trocando os dentes da frente, ouvi de enxerida o jornal da manhã, perguntei "pai, o que é tortura?", e ele retrucou a verdade recheada de exemplos históricos e explícitos, com direito a cadeiras, dragões, araras, vassoura sem cabelo e um lobo que mia. Isis não dormiu em paz por um mês inteiro; eu às vezes não durmo em paz até hoje.

Ilusionista profissional em vez de empresário, não teria se casado com a mulher por quem se apaixonou. Ainda bem que eu não disse e jamais direi essa frase em voz alta; daria uma trabalheira dos diabos explicá-la. Em troca, digo "se ele se formasse ilusionista profissional, não teria a frieza de esconder da plateia o mecanismo dos truques". Mas digo para quem?

O pai não devia ter dúvidas a inflar de próprio fôlego, tamanha a frequência com que lidava com as nossas.

– Não é errado ser ateia?
– Errado é fazer maldade.
– Como faz bondade sem acreditar em Deus?
– Ele guia.
– Não é errado ser ateia?
– Não.
– E o Salmo catorze?
– Minha opinião ou o que tá escrito?
– Os dois.
– Não é errado ser ateia?
– Não sou eu que decido.
– E o que a gente faz com a mãe?
– Como assim?
– Manda benzer? Manda exorcizar? Joga um balde de água benta?
– A mamãe não é ateia.
– Então por que ela fala que é?
– Ela tá confusa. Não é do mal.
– Não é errado ser ateia?
– Claro que é.

– Então por que a gente tem que aceitar?
– Pra que serve família?
– Ah, é.
– Pra que serve família?
– Pra ficar junto.
– Pronto. Por isso que a gente tem que aceitar.

Ver meu pai daquele jeito assustava tanto quanto o ateísmo instaurado dentro de casa. Não falhava como último recurso: amainava dor, estancava lágrima, tocava bicho-papão de dentro dos armários e de baixo das camas. Isis tinha quatro anos que me faltavam, e eu já superara a fase do bicho-papão e a de me fiar em pai que não alheio ou o do céu.

Admitir que a postura da mãe refletia a vontade dela e ponto final não fazia sentido. Vontade dela, assustar as filhas e repelir o marido? Dentre todas as explicações imagináveis (sem excluir possessão demoníaca), apenas uma nos convinha: Deus nos testando. Busquei orientação do padre mentor na escola, e ele trocou uma letra: Deus nos tentando. Não percebi como. Tentação não devia envolver algo desejável? O pai concordava comigo, cuidado redobrado para não desdizer padre: quem tenta é o Espelhado.

– Apoiar a mamãe é missão de Deus.

Ninguém mais se refere a ela como "mamãe". Não a sério.

V

Ao que tudo indica, o pai reavaliou o conceito de serventia da família (ou desertou da incumbência que recebera de Deus?) no único Natal pós-separação em que ceou com a gente. Mentira. O que ganho sendo cínica? Não reavaliou coisa nenhuma; seguia convicto da nossa "missão", mas, a partir dali, ideais e atitudes divergiram.

Sei que se deixou maltratar na esperança de ser readmitido na casa que sustentava, contudo ignoro a violência sentimental a que se submeteu. Creio em cavalheirismo: o varão estende o casaco em cima de uma poça para que a dama não suje o sapato. Tá, mas não me (nem lhe) esclareceram que o cavalheiro tira o casaco antes. Se eu soubesse a que fundura se humilhou, minha admiração pelo pai cresceria.

Ele combina muito mais com calvário que com estalos. Tenho para mim que o chilique de Natal não foi evento isolado, e sim ressaca de ego desacolhido ou o remate de uma série de brigas preciosas, travadas em desespero de – que causa? A de salvar um casamento onde nenhum de nós quatro ainda cabia? Não disponho de prova material que embase minha hipótese; ele bem pode ter tido um siricutico simples.

Lá em casa, quem se propusesse a uma confissão, a um desabafo, não ficaria sem plateia, tampouco sem assombro. Não mediámos esforços para sufocar abordagens francas sobre a intimidade que partilhávamos. Topávamos qualquer remordimento, qualquer trauma, desde que nos poupasse da ancestralidade e dos genes que nos atavam em bando. No meu caso, o que me bloqueia a língua tem um quê de hipocondria. Não vou no médico. Obrigada a ir, não faço os exames. Arrastada para o laboratório, não retorno para ler os resultados, escondo o envelope. Rasgo e jogo fora quando o marido dá de farejar. Me apavora que a médica concorde comigo e diga sem rodeios que, de fato, me acometeu a doença degenerativa da qual me considero vítima sem sintomas. O mesmo princípio se aplica a quem amo: não dou espaço para que me confirmem como a ingrata frívola que julgo e temo ser. Ter razão sobre mim mesma, pior pesadelo.

Os papéis do divórcio estavam escritos, impressos e assinados em três vias autenticadas, o que de nada valia porque jaziam não no arquivo do fórum, mas na gaveta do advogado da família, cujos serviços ambos os meus pais contrataram, apesar de partes opostas no processo. O Dr. Robert Silva não sugeriu que minha mãe procurasse uma advogada mulher. Nele, que era alto, gordo e extenso, cabiam dois clientes rivais sem apertar. Aconselhou que não dessem entrada na papelada até que produzissem pelo menos nove provas de reconciliação malsucedida para juntar aos autos. Não apenas porque abertamente contra a separação do casal, unido em trâmites que ele se orgulhava de ter executado, mas também porque foi-se o tempo em que juíza levaria a sério pedido de divórcio sem evidência substancial de desamor e de tentativa de reconciliação.

– Além do mais, ou vocês colocam as meninas numa cesta e largam na porta do convento ou vão se esbarrar um no outro pro resto da vida. Já pensou quando vier neto?

O Dr. Robert Silva advogava de mau grado e de boa vontade para quitar boletos de classe média alta. Sabia de cor os livros IV e V do Código Civil, assim como os atos Gama e Delta do Código Cristiano. "De cor" não é exagero; que o diga quem o ouviu declamar artigos feito um aedo do Direito de Família. Cobrava honorários condizentes com seu grau de expertise e ancorados na reputação que mereceu nos tribunais por não se valer deles. Seu método de trabalho consistia em se intrometer na vida dos clientes e auxiliá-los a solucionar a desavença no conforto do lar, cada um por si, sem burocracia. Quando atingia o objetivo, dispensava pagamento. Se o cliente não aceitasse a gentileza, doava o montante para a caridade e para o Clube Atlético Juventus, ênfase no *e*, pois era alérgico a *ou*. Não experimentava prazer algum no ofício (bolso cheio e colaborar para que famílias não se dissolvam dá satisfação, não prazer), portanto considerava que não tinha talento. Competência, quem iria negar? Talento, não. Suas vocações eram duas, e ele as cultivava, diletante. Fazia as contas todo mês: a renda doméstica cairia de 85 a 90 por cento se encerrasse a carreira jurídica. Na porta do escritório, a placa trazia:

ROBERT & SILVA
ADVOGADO, COZINHEIRO, ESPERANTISTA

embaixo de um bonequinho fofo de terno, gravata e chapéu de chef com uma estrela verde na ponta.

Ele que persuadiu meus pais a se adaptarem à rotina de "amigos" antes de porem fim ao casamento. Mantiveram contato todo dia. Ou minha irmã ou eu redigíamos a ata das conversas. No chute, ninguém acerta qual de nós garrou gosto.

VI

Empolgadas para o Natal, Isis e eu tomamos café da manhã cantando música de quando a mãe era neném. Melodia na saliva da minha irmã parece comida; quase quebrei o dente com um ré bemol.

O desastre já transcorrera dali a umas doze horas. Ignoramos os indícios ou nossos pais não deixaram nenhum em condições de uso?

O pai chegou de Lear pontual, reto, em traje de passeio. Cumprimentou a mãe com beijo na bochecha; demoraram um pouco para definir de que lado. As duas garrafas de rótulo caro não o trouxeram, mas o contrário. O partido católico e o evangélico se digladiavam na Praça dos Três Poderes por causa do projeto de criminalização indistinta de bebidas alcóolicas, e tem pai que cumprimenta as filhas com selinho.

Bateu meia-noite: abraços e votos de felicidade dados livremente, antes que precisassem ser tomados à força. O que meus pais se disseram nessa hora há de ter sido sintomático, mas nunca compreenderei sintomático de quê, pois não ouvi. Antes de assumir cada um seu posto à mesa, a gente se juntou de mãos dadas em volta dela, para agradecer. A mãe se absteve de rezar. O gestual e o figurino, a decoração, tudo tão costumeiro para e entre nós que beirava o automatismo. A toalha branca de Papai Noel integrou meu organismo quando eu tinha três anos. Não distingui da ilha de oração a praia de silêncio onde a mãe permanecera (demoro a assimilar o que suponho impossível), até que:

– Rebeca.

– Você não.

– Tá rezando.

Isis e eu, em conferência sediada na escadaria do prédio,

deliberamos que as palavras em si não conotavam nada de ofensivo, assim como picar uma frase em três, mas o pai podia (o que custava?) ter colocado um pontinho de interrogação ali no fim, apesar de, no contexto, não caber dúvida: por pura gentileza. Quem alega que perguntar não ofende vive num universo paralelo; claro que ofende ("vosso mestre não paga o imposto do templo?" ou "homem da sua cor não te satisfaz?"), mas menos que esfregar a verdade na fuça da próxima ("não sou contadora" ou "ai de mim"). Por outro lado, não rezar ao redor da nossa mesa de Natal era tão absurdo que uma simples constatação deveria bastar para corrigir o desvio de comportamento. Imagine alguém a ponto de sair para a rua com um "me chute" colado no casaco; o impulso natural não é açoitar ("não saia com isso nas costas, sua depravada"), mas um alerta ("ei, tem um negócio nas suas costas"). A mãe sabia que estava sendo informada, não repreendida; não carecia de manual nem de dicionário para ler entrelinha de homem, muito menos daquele. Não se compartilha 22 anos de banheiro impunemente; pelo barulho da obra, deduzo o que meu marido almoçou no escritório. A mãe retrucou o aviso que recebera, não a bronca que mulher menos íntima teria levado.

– Eu sei.
– Sabe o quê?
– Que não tô rezando.
– E não vai agradecer pela comida?
– Não.
– Por que não?
– Porque não quero.

E não queria porque não acreditava em Deus, preferia evitar o papel ridículo de agradecer amigo imaginário pela refeição que ela é que preparou. A Andrea recusava bônus polpudos por festas com a filha própria. Olha, dane-se, ninguém pedia que a mãe acreditasse, só que repetisse meia dúzia de versos que carrega de cor e salteado desde que aprendeu a falar.

O que os dois alegavam tinha lógica. Dá para entrar em acordo tranquilamente quando ambas as partes fazem sentido; discordar, aí complica. Para o bom andamento da ceia e pela sanidade mental das filhas, um dos dois precisava parar de bater lé com cré, urgente.

– Vai morrer se rezar? Vai te arrancar pedaço?

– Ninguém vai morrer se xingar Jesus de chupa-rola e a mãe dele de arrombada, mas você não vai fazer isso, vai?

Isis ficou em êxtase, e eu horrorizada, por constatar que pairava no mundo fora das telas mãe com aquela coragem, com aquele despudor. Que calhasse de ser a nossa, diminuía o fascínio? Aumentava?

A gente teria considerado que assimilou uma lição (mas qual?) se acabasse ali, se todo mundo se levantasse sem comer (a ceia intocada, de presente para mosquitos, micróbios e companhia) e cada um(a) para o seu canto, mas não. A verdadeira lição, que nenhuma de nós duas desaprenderia, é que não existe coragem, exceto em prol de uma rebelião, e rebelião não eclode sem que o passado se destrua. Nós quatro nunca mais seríamos uma família e nunca mais teríamos sido. Em trios e pares alternados, talvez; os quatro juntos, esquece.

O pai aguardou em silêncio que a mãe concluísse a linha de raciocínio; pescoço pingue-pongueando como se acompanhasse um metrônomo visível. Dois compassos ternários de pausa: *um* e dois e três e *um* e dois e três e. No compasso seguinte, entra em síncope, no três: *um* e dois e a toalha de Papai Noel vupt na mão dele, da mesa para o piso. O tempo até para, mas não espera por ninguém.

Meu olho se encheu de dó da toalha. A comida que se segurara dentro dos recipientes foi lançada para cima. Bateu (e parte grudou) no teto. Os talheres, arremessados na parede, sem alvo. O pai não se levanta. Quando não sobra nada além de madeira e carpintaria na mesa, por falta de choro, soltou um grito.

– AAAHHH!!!!!

Superou a eloquência de qualquer sermão. Nenhuma de nós protestou, pediu calma ou tentou contê-lo.

Acabou. Comida, louça e caco de vidro espalhado em tudo que era canto. Um dos garfos jamais foi localizado, nem durante as reformas. O pai raspava a mãozona cheia de palma pelo rosto, da testa para baixo, até o queixo, como se quisesse limpar raiva, não vermelhidão e remela. Ao contrário da mãe e da imensa maioria de solteiros e descasados, usava aliança. Apontou para a leitoa aterrissada em cima da impressora.

– Aquele porco morto tem mais dignidade que você.

– Que você e que todos os ateus de São Paulo.

Deve ter achado que se expressou em tom corriqueiro. Se achou, discordo. O bordão "família serve pra ficar junto" foi aposentado; não se falou mais em "missão".

Quem ia limpar aquela bagunça?

No caminho de volta para Lear, onde se alojou nos meus avós, o pai liga para o Dr. Robert Silva.

– Você é meu amigo. Pode reclamar, Roberto. Pode me esculhambar.

– Mas você também é meu advogado e, se quiser continuar sendo os dois, tem até quarta-feira pra dar entrada nessa porra de divórcio.

– Entendido?

VII

Três meses de gestação, mal cronometrados. Exame antes dos enjoos porque meu pai, "ih, você tá com cara de grávida". Há quanto tempo alguém não transava para palavrear corpo jovem com tão pouca destreza?

– Me chamando de gorda?

– Não tá com barriga de grávida. Tá com cara de grávida.

– E como que é isso?

Difícil explicar sóbrio, impossível de perceber em foto sem camisa-de-força encabidada no guarda-roupa e focinheira dobrada na gaveta de cueca. Os traços do rosto se rearranjam; a indivídua viceja da noite para o dia. As que nasceram bonitas ficam lindas, e as lindas, estonteantes.

– Quê?

Já me disseram que tenho cara de canhota, de que sofri atropelamento na infância, de são-paulina, de baiana, de gaúcha e de fobia de sapo – de grávida, jamais. Se a ideia me chegasse de alguém com o mínimo de cabimento para me invejar ou dotado de senso de humor, eu suspeitaria. De quê? Sei lá, mas suspeitaria. Vindo de quem veio, não digo que levei a sério, mas fiquei ressabiada. Mulher grávida ganha uma beleza que homem não alcança pelo tato, mas identifica, e com a euforia da girafa que reconhece o sol.

– Quer dizer, homem que é homem. Teste de macheza: uma grávida no meio de vinte, pede pro camarada encontrar.

– Não tem erro.

Pelo menos comigo, o pai acertou. Quando dei a notícia, celebrou a neta ou a "comprovação" da tese grotesca da cara de grávida? Fora de cogitação contar essa história para a mãe. Não disfarça a animosidade contra o ex-marido, o desejo de vingança. Juro que não entendo. Vingança pelo quê? Será que esqueceu quem bancou a "dedicação exclusiva" que concedeu aos dois anos e meio de mestrado e aos quatro de doutorado? Não convidou o mecenas para a defesa de dissertação nem para a de tese e me proibiu expressamente de levá-lo. E veja bem, "proibiu expressamente" é dourar a pílula: me ameaçou com "senão" e todo um rol de castigos, praguejou com "aquele + xingamento", aumentando a rispidez do termo variável a cada repetição. Não raro, me manda foto de dentro do provador, para medir o caimento de um blazer ou de um longo.

– Que tal? Pro velório do seu pai.

Comentava em aula com a turma de Arte Dramática a obsessão por "montar o *look* pro velório do ex". Um orientando que aceitei para inteirar cinco se levantou no meu gabinete para reproduzir a mão nas ancas e o ângulo da coluna.

– Ele teima em não morrer, e as roupas saem de moda.

Não notou no currículo da orientadora que o título acadêmico nativo é "filha da Profª. Rubens". Os alunos de Arte Dramática caem na gargalhada e riem até doer as costelas flutuantes, porque não é a mãe deles.

VIII

Espalhei a novidade pelo caminho da doceria judaica onde encomendamos a sobremesa. Só dirijo sozinha ou se os demais ocupantes do carro não floresceram no meu galho da árvore genealógica. Momento escolhido a dedo, o menos solene. Como judeu não reconhece Jesus, a gente dribla a muvuca das padarias católicas. A resposta de "mãe, tô grávida, tá?" mobilizou o mesmo casal de perguntas trissílabas de quando contei que me inscreveria para economia na Fuvest.

– Sério? E por quê?

– Não é questão de certo ou errado, mas de decisão ou loteria.

Filho não é diferente de faculdade? Ninguém que conheço, inclusive mãe e avó, ninguém me apresentou motivo sólido, tipo "acho que vou ser feliz limpando cocô alheio e, quer saber?, ando dormindo além do necessário, acordar com choro de criança às três da manhã vai me revigorar". As justificativas tradicionais, no estilo "alguém pra cuidar de mim quando eu for velhinha" ou "realização pessoal" ou "fruto do meu amor" ou "deixar na Terra um pedacinho de mim", sequer discuto se fazem sentido ou não, mas quem fala assim não parou para refletir por meio segundo. Tome Jesus de exemplo: antes de se entender como Messias e de se assumir, toca para o deserto e passa quarenta dias e quarenta noites tentado pelo Boca Suja em pessoa. Quem deita sabença sobre pôr-filhos-neste-mundo não aprecia um mês e tanto no ermo com o Tinhoso, se instruindo sobre aborto ou sobre extinção da linhagem, antes de contribuir com a valiosíssima opinião que, via de regra, ninguém pediu. Que eu me lembre, não ouço argumento inovador pró ou contra fabricar um ser humano desde a época em que acrescentei meu último palavrão ao léxico. Na faculdade, o professor de tópicos especiais de história econômica garantia, e provava matematicamente, que o Estado moderno propagandeia maternidade ("o poder de gerar vidas") porque qualquer país, desenvolvido ou sub, quebra caso a taxa de natalidade caia para aquém de dois filhos por útero.

– Se homem menstruasse, parir não seria uma dádiva.

– O Machado de Assis teria escrito oito contos a respeito, leitor abortista.

Tá aí um debate no qual eu não me engalfinharia nem a pau, muito menos com a dita-cuja.

– Pã-tã-tã-pã-pã, pã-tã-tã-tã.

– Interrompemos nossa programação para um boletim especial. O Guia de Luz da Presidência da República, D. Clemente Edir Xavier, acaba de comunicar em Iluminação ao Congresso Nacional que o escritor degenerado Daniel Knight, autor do romance *Blasfêmia*, recebeu condenação imediata e inapelável à morte por ofensa à imagem de Jesus Cristo e aos valores da família.

– Mãe, tô grávida, tá?
– Sério? E por quê?
– Porque sim, sei lá. Desculpa pra ficar gordinha.
– O presidente tem até a meia-noite de hoje para ratificar a Iluminação, sob pena de perda do mandato. Até a manifestação presidencial, executar o condenado na rua segue sendo crime. Fiz cara de pateta; ela se desarma diante de bobice. Deu certo, ou o trânsito veio em meu auxílio. Depois do parto, saudade vai pegar a Marginal às seis da tarde na primeira ocasião em que eu puder dirigir.
– Entendi.

Quem ouvisse poria a mão no fogo que entendeu mesmo. Mas entendeu o quê? Que engravidei pela comodidade de engordar? Desde que derrubou uma moto não tripulada e se envolveu num charivari digno de novela, com roda de curiosos em volta, polícia de viatura e tudo mais, dirige tensa: garras firmes no volante, mandíbula rangendo, pupilas drogadas pelo asfalto. Converso remotamente com a pessoa a meio metro de mim; não foi pelo vento no cabelo que resolvi abordar no carro o assunto espinhoso. Guardamos dois faróis de silêncio. Em Higienópolis, não é pouco: o rádio solta um relatório de engarrafamento, a meteorologia e uma música curta.

– A Isis já sabe?
– Já.
– Como?
– Sabe, sim.
– Eu ouvi. Tô perguntando como ela sabe.
– Eu contei.

– Quando?
– Faz uns quinze dias.
– Certo.
– Por quê?
– Só confirmando.
– Confirmando o quê?
– O que ela disse?
– Quando eu contei?
– É.
– "Parabéns".
– Pra você ou pra bebê?
– Pra mim. Mas é o protocolo. Ela não tava me parabenizando de verdade.
– Você acha?
– Acho.

E fim de papo. Não perguntou se a bebê tinha nome, quarto, unha e madrinha. Não pediu para ver se a barriga estava pontuda ou arredondada. Não observou que "tá cedo pro umbigo estufar, hein?". Não destilou conselho para o genro.

IX

Ao contrário da minha irmã, que trabalha com literatura, não cito escritor clássico de cor. De vez em quando, inteligência de aluguel faz falta; se a citadora maneja o *timing*, vira versão séria de piada.

Isis inquietava o oftalmo por excesso de leitura antes que eu me alfabetizasse. No parque Villa-Lobos, levava pilha de livrinhos e gibis para debaixo de uma árvore e se petrificava. Não sei, provavelmente ninguém me contou (porque a uma criança não se informa), aonde a Andrea se escafedeu na única tarde em que quem nos acompanhou, em vez dela, foi a mãe.

No portão, adestramento: não sumir de vista, não pôr nada na boca.

– Prometem que não vou precisar repetir?

Dito assim, parecem duas terroristinhas, mas, vira e mexe, ouço histórias de infância que superam as nossas em selvageria.

A mãe, embarrigada da terceira filha, não se encontrava em condições de vir em socorro, dependendo do sarapatel em que a gente se metesse; silhueta digna de inspirar um algarismo novo, o soisve, de valor enigmático, com *design* que mesclaria seis e nove. Espera. Não encaixa: ela estava de, o quê?, quatro meses? No máximo. Se a barriga cresceu no abdome dela igual na minha memória, pulou a cerca com um jupteriano – ou com um holandês. O único ponto de vista de que disponho é o de uma miúda magrela de cinco anos, contados em quatro dedos da mão direita e no indicador da esquerda; demorei a me deixar convencer que polegar tem estatuto de dedo.

Toda noite, com pena de dormir, retardo o sono contabilizando maturidade: quantos pontos de vista uma cidadã abriga, soisve? Minha irmã supria a referência que jogadores de futebol e super-heróis forneceriam para um menino. A mãe falava em "veneração" quando lhe dava pito por judiar de mim.

– Custa dar um pouco de carinho?

– A Julia tem veneração por você.

Não era bem por aí. O venerável beira ou tange a perfeição,

enquanto eu conhecia os defeitos da minha irmã como se meus: ciumenta, agressiva, falsa, incorruptível. Apesar (em uma ou outra ocasião, por causa) desses defeitos, Isis se destacava em meio às poucas pessoas que eu conhecia. Da minha faixa etária, só primo remelento: coincidência ou dava para prever que eu casaria com cara mais velho?

"A sua irmã quer ser você", entreouvi de uma amiguinha da Isis. Tão despropositado que mal revidei; se eu fosse ela, ela não existiria para me servir de modelo, e eu não queria isso. Não era óbvio? O que eu queria era ser que nem. E me dava uma trabalheira do demo: macaqueava movimentos, adquiria hábitos, contava anedotas dela como se acontecidas comigo, incorporava-lhe o passado à minha biografia e me revoltava quando ela levantava forças para reestabelecer as próprias fronteiras. Eu vou pra esco-la, vo-cê nã-o va-i. Eu sei escreve-er, vo-cê nã-o sa-be.

– Mentira. Você é uma imitona.

Quem disse isso?

Isis pouco se faz de rogada ao disparar um "não", mas trava no repetir; se necessário para recusar oferta ou rechaçar abuso, ela explode. Em geral, me sentava o cacete; em transe de inspiração, me torturava com requintes de criatividade. Agora que é mãe, rezo para que Deus lhe tenha aliviado o espírito.

– Para de me imitar.

– Não tô te *in*mitando.

– Tá, sim.

– Não tô, não.

– Para.

– Não paro.
– Para.
– Então brinca comigo.
– Não.
– Por que não?
– Porque não.
– Mas por que não?
– Você quer brincar?
– Quero.
– Então tá. Quer fazer uma aposta?
– Quero. Que é posta?
– Eu te mando fazer uma coisa. Aí, na hora que você faz a coisa, você ganha presente.

Como, amparada em que vivência?, discernir que o nome do sorriso nos lábios dela era crueldade? Apostamos um real que eu faria um chamego (faria nada, me-dro-sa) no cavanhaque do cachorrão preto deitado sem coleira ali perto. Analisei a oferta. Não que eu fosse precavida; a cicatriz na coxa me induzia a desconfiar das propostas da Isis. Mas que fim podia acabar mal? Eu gostava de cachorro, e ela não pediu para agredir o bicho. Calculei a possibilidade de que a mãe ralhasse. Me considerei defensável caso intimada a prestar esclarecimentos e caí na armadilha.

O real (ninguém lembra, nem quem esbanjou e ridiculou as notas coloridas com animais patrióticos no verso) foi a moeda imediatamente anterior a esta de agora. Salvo engano, um dólar dos Estados Unidos valia em torno de trinta reais. Um real não comprava nada, os jornais determinavam, e meus pais repetiam na sala de casa e em um linguajar que se me revelou como o código secreto no qual adultos expunham as alegrias mantidas fora do alcance das crianças. Inflação, PIB, superavit, queda do pregão: a julgar pelo ardor com que se pronunciavam aquelas palavras, só podiam ser o nome de países onde ralar o joelho não doía. Na minha cotação, um real valia duas balas de caju na venda do Seu Armando; atingiria quatro, com sorte cinco, se eu esperasse ir passear no Centro com o pai. A aposta do cachorro, se ganha, significaria o primeiro real conquistado com o suor do meu rosto, não através de "mã-nhê, por favo-or".

Na versão da Isis, ela literalmente rola na grama de tanto rir quando o cachorrão acorda e desembesta atrás de mim. Verossímil, mas não ouvi risada. Não enxerguei abaixo do céu; não sei como não meti o nariz numa árvore, a barriga num banco. Na versão da mãe, o vestido tremulava entre mim e a bocona do cachorro. Ela teve uma queda brusca de pressão e mal conseguia se manter de pé.

Ninguém interveio. Isis não viu a mãe fazer o que alega ter feito, e nenhuma de nós lembra quando ou por que a besta-fera desistiu de mim. Meu palpite: o dogue entendeu que eu aprendi a lição. E aprendi como manda o figurino, posso até dar curso de medo de cachorro: atravesso a rua se vejo um sem coleira, não importa tamanho, formato, cor do farol, caminhão a mil. Meu marido não exagera quando teme que eu acabe atropelada para fugir de um pug.

O pai, que não testemunhou o episódio, tem recordação nítida de que a esposa aprontou um berreiro, implorando dos transeuntes a ajuda que estava impedida de oferecer. Ninguém acredita que cachorro tenha maldade para estraçalhar uma criança. Onde já se viu? Que uma menininha branca, de família, tivesse a pachorra de morrer decepada, arruinando o sol da tarde de turistas e de passeantes locais, não se cogitava, simplesmente inimaginável.

O dono do cachorro tirou sarro do meu pavor, apresentou o pet, Gordon Falafel Blau, e estocou três cantadas consecutivas na mãe. Do medo dela, não se gozava.

A terceira gravidez não resultou em filha. Ao que me consta, não há nem houve censura a respeito, só silêncio.

Isis pagou meu real mais de uma década depois, em graças e com correção monetária. A quantas ela andava com Santo Antônio àquela altura? Tinha prendido o Janus. Ainda não namoravam de papel passado: confere? Não asseguro a ordem cronológica, mas servi de madrinha de namoro dos dois. Vai ver, por esse tipo de desleixo que trocaram de madrinha para o casamento. Ao contar a história para o pretendente, minha irmã realizou que não tinha motivo para calote; a meta era me aterrorizar, não inadimplência. Eu estava com dezessete anos completos, jogando videogame na sala. Ela parou do meu lado e estendeu o dinheiro. Não pausei o jogo.

– Que é isso?

– A aposta do Gordon Falafel Blau.

– ...

– Eu tava te devendo.

Meu nariz coçou, as pálpebras pesaram. Ainda bem que não derramei nenhuma das lágrimas. Teria sido ridícula.

X

Voltei para casa sem fome, dia 25 à tardinha. O marido aceitou, me recebeu com mimos. Sabe como fico carente (ou seja, irritável) quando durmo fora. Me convença de que não preciso reconquistar seu afeto nem o da nossa morada porque não perdi. A gente chama o apartamento de casa; ele nos chama de Julia e de Carlos. Sempre me recepciona com olhar de través se extrapolo o limite de dez horas em espaço outro. Funga em mim o cheiro de paredes que não dele e só não me manda tomar uma ducha porque aí também seria petulância demais para um imóvel.

– Quem te deu autoridade pra me impor toque de recolher?
– Não é de recolher. Meu toque é de acolher.
– Rá-rá.

De onde tirei que possessividade é meigo?

Carlos me serviu do Brunello de boas-vindas e de uma ceia de restaurante que comi de gordice ou para não fazer desfeita. Colocamos um filme desses em que dá para não prestar atenção, agarradinhos no sofá. Uma delícia, até que ele falou "você é a maior felicidade da minha vida". De supetão, sem a mínima deixa. Tenho problema com elogio. Ele sabe.

– Para. Tenho problema com elogio.

Quando ele se declara, me acuso de trapaceira; não é possível que, sem tapear ninguém, eu seja querida. Não mereço o Carlos. Por sorte, tem nada a ver com merecimento. Se rechaço declaração, faz cara de vira-lata escorraçado; dá vontade de pegar no colo e encoleirar. Força, eu até tenho, mas ele firma o pé. Comentei que, logo, logo, a bebê chegaria para preencher a maior felicidade da nossa vida. Nem fingiu que não achou minha reação uma merda.

– O que a sua mãe falou, aliás?
– Nada.
– Como, nada?
– Nada, ué. Perguntou se a Isis tava sabendo.

Revelei que quero transmitir para a bebê o nome da minha mãe. Péssimo momento. Por que não adiei? O desgaste podia se provar inútil. E se viesse menino? Nunca vi Rebeco.

XI

Natal costuma ser o menos penoso dos feriados na órbita da mãe. Ela põe a mesa com a toalha de Papai Noel até hoje. Desbotou, mas, considerando que tem quase a minha idade, às vezes suspeito que foi trocada por toalha idêntica sem que me contassem, se bem que nunca achei outra de estampa igual para comprar. Lembro quando me descartaram uma semana em Itu, na vó: não era Natal, e o cachorro do vizinho, um dobermann pavoroso, tinha morrido de doença de humano. Só se proseava naquilo em um raio de cinco quarteirões. Os pais substituíram por outro, de raça idêntica e idade aproximada, só que vivo; ao que tudo indica, o moleque não percebeu. Minha avó confirmava que esse episódio canino de falsidade ideológica se deu, sim, na casa ao lado, mas rebatia que não posso lembrar de nada, a começar pelo bochicho na vizinhança, nem ter tido medo do dobermann original, porque eu não era nascida.

Memória não é arquivo, diz a Dalma.

– Se não durmo miñas oito horitas por noite, me acordo de duas batajas da Guerra de Troya.

Faço terapia com uma argentina sotaquenta, de base lacaniana, duas vezes por mês. Ninguém sabe e, no que depender de mim, nem vai saber. Se cai em domínio público ao que me dedico quarta sim, quarta não, na hora do almoço, me pressiono a mostrar resultado, exijo boletim que valha título de melhor da turma. Minha analista não penteia os cabelos e gera confiança lucrativa nas pacientes através de declarações que poderiam acarretar denúncias no Conselho Regional de Psicologia.

– Não se case se não for por diñeiro.

– Admite logo que você fodeo a sua vida.

– Depois da sessão, vou pra miña casa y esqueço que você existe.

Me explicou que angústia vem de excesso de sentido, não de falta.

– Traseiro é que nem dente, uma parte do corpo.

– Precisa de tarado pra bunda ter conteúdo de perversão, médio lúrido.

– Lúrido se diz?

Pediu para que me autoexaminasse, pinçando as taras.

– Você é tarada. Verde, entende? Ai que detectar como.

Fiz a lição de casa e detectei.

– A ceia de Natal. Acho que inflacionei o sentido.

– O que passa no visível?

– Como assim?

– Que significado tem a ceia de Natividade? Pra que serve?

— Pra comer.
— Uno.
— Pra comemorar o aniversário de Jesus.
— Does.
— Pra fazer companhia pra uma pessoa que prefiro sumida.
— Três.
— Pra me consolar por ser uma péssima filha.
— Cuatro.
— ...
— ...
— ...
— ...
— ...
— Se acabou?
— Não.
— Que maes?
— Também serve pra escornear meu marido, que, ele sim, leva a data a sério.
— Okay. Cinco.
— ...
— ...
— ...
— ...
— Agora acabou.
— Y que significado não tem?
— Meu pai.
— Seo pae?
— Meu pai não vai reprisar o chilique de vinte anos atrás.

– Desseoito.
– Não vai nem dar o ar da graça. Mesmo se alguém convidasse, não trocaria por nada, nem pela minha mãe, os entremeios de vô coruja na casa da Isis.

Não entendo por que me aflige quando o tempo anda para trás. Se não demito a Dalma, me leva a concluir que o problema é a aflição, não a curupiragem do tempo.
– O tempo camiña na direção em que lhe der as ganas.

XII

Dia 27, assisti um filme; tanto me tocou que só amarguei torcicolo um tempão depois que a nuca endureceu. Deitei com o crânio no colo do marido, e ele dormiu sentado; se me ajeito, ele acorda.

O filme chama *Prezada Karin*. Não que eu conheça bulhufas de sueco, mas não deve combinar com o título autêntico, de uma única palavra, bolinha em cima do A e tal. Se for assistir, pule a introdução: cinco minutos de colagem de material de arquivo da Segunda Guerra Fria. Chato pra caramba. Se não tivesse lido no jornal que a abertura nem parece o mesmo filme, eu desempolgava e punha na novela.

A ação engrena num *close* da protagonista, a prezada Karin do título, tão linda que o plano arremedava minha felicidade, não a beleza de outra; tão linda que a mulher dela se considera em dívida pelo sexo. Não se declaram nem se encostam. A paixão transparenta pelo jeito como não se olham, sem se evitar. Suspeito que as atrizes tenham tido um trelelê na vida real para conseguir provocar aquele deslocamento de ar na frente da câmera; o vão entre os corpos de uma e de outra não fica vazio, apesar de desocupado. Deixa eu ver... Cadê? Aqui. De acordo com a Wikipédia, amigas de infância, escola em Malmö, dividiram dormitório em Falun, time de curling, hum... madrinha de casamento, madrinha de filha, sócias em uma produtora. Nada erótico; vai ver, elas têm talento.

Flashback. Karin economizava salário de babá para, livre da adolescência, ir turistar no Condado dos hobbits, dedilhar o Rio Brandevin. A instrutora de música lhe revela que a geografia de *O senhor dos anéis* não é documental.

– Então é mentira?

– Não, querida.

– É, sim! É mentira!

A mocinha se empenha em vingar o desgosto: treina para ser escritora. Fim do *flashback*. A marida sustenta a casa em Estocolmo e proíbe Karin de desempenhar atividade útil. Moderno, né?

– Eu ponho o pão na mesa, sim...

– Mas você põe a mesa debaixo do pão.

A cena de bate-boca se costura na de sexo. Moderno porcaria nenhuma; sou provinciana demais para sustentar vagabunda.

Dinâmica perfeita: ambas se alternam na posição de quem mais ama. Uma gracinha, o clima idílico entre o casal, mas me fez pensar que ninguém suporta uma relação dessas porque o casamento dos sonhos é trincheira, não idílio.

Horas antes da sessão de autógrafos do romance de estreia da Karin, a esposa foge com um cabeleireiro sérvio, da Lusácia. A pontuação do bilhete não devia ser reconhecível.

Prezada Karin,

Lamento de antemão pelo padecimento que esta missiva lhe irrogará. Após meses de amizade respeitosa, embora interesseira, comigo, a senhora sua consorte julga seja chegado o momento, por mais injucundo, de abandonar o aconchego e a prosperidade do vosso lar, de onde guardará lembranças perenes nos flancos, para que eu possa, enfim, perder o respeito.

A contar das quinze horas e vinte minutos de hoje (dispensável explicitar em qual fuso-horário), Harriet fixará domicílio no endereço subscrito à minha rubrica.

Cinjo-me aos preceitos que me são próprios sem deixar de me colocar ao seu inteiro dispor.

Passar bem,

O. Villen M.

O bilhete cobre a tela, igual em filme mudo. Última vez que vou ver alguém abreviar o pre– e o sobre– em benefício do segundo nome. A destinatária não se abala. Assimila a emergência e refaz as contas do mês com menos de boca e de bolso. Em aritmética, os algarismos se definiam como idênticos a si mesmos: $1 = 1$; $2 = 2$ etc. À mesa, indisposta e desguarnecida de pão, lápis em riste, Karin desenhará o ilusório da matemática: o número um não tem valor fixo, nem quando representa a mesma quantidade e apesar de sempre escrito assim: 1.

– Meu bolso (1) menos o bolso da Harriet (-1) não dá zero. A fome não vai rondar antes de março.

– Se $1 - 1 =$ pobreza, logo $1 + 1 \neq 2$; Q. E. D.

– A equação ocuparia a página inteira se um dos bolsos ficasse não em uma calça, mas na casa de Windsor.

Era engraçado de propósito? Se os cálculos não fossem dramáticos dentro do filme, eu não teria rido aqui fora. Perdida a esposa, Karin bem poderia ter se reorientado de casada para algebrista, porém tomou a estrada convencional, de casada para solteira.

Namoradas não tardam nem duram. Não chora a perda da companheira e não se deixa afetar pela de renda. Troca felicidade conjugal por bem-aventurança; dá consigo em cada esquina que dobra.

– Minha maior alegria foi a Harriet. A segunda maior foi ela ir embora.

Quando Karin se torna fluente na língua da filha, começam os calafrios da espectadora. Ah, é. Esqueci de mencionar que a Harriet partiu com tanta pressa que renunciou a dois jogos de tacos de golfe e a uma filha.

A menininha se exprime num idioma próprio, de palavras produzidas e juntadas ao acaso, sem nexo: burtka manitorwa keque uri debuel. Termo técnico, idioglossia. Coisa de criança: eu fazia isso e arrisco que você também. A diferença é que, ao contrário de nós (ou ao contrário de mim; sei lá a que extremos você chegou), ela não comandava outra língua. Não ouve nem fala o sueco que a circunda.

Em vez de redobrar esforços para transmitir vocabulário básico, Karin desiste e, ciente de que aleatoriedade não se ensina, aprende com zelo o idioma da filha. Não demora a adotar a novilíngua como instrumento de escrita, no qual compõe um romance denso, à beira de vetusto, com enredo contraditório e sem reviravoltas. A sequência de dez minutos em que reescreve o primeiro parágrafo noites adentro e dias afora se converteu em cena de estimação dos cinéfilos.

Bekn mekhya furten absfinkino. Treeba, durant furten shond furten shand, abarkish xaje xao. Merpe gudenhall gouden fou: ab, eb, tiktik ibb. Troubemans geunfon caub farmans, mekin alheha yï yü, shlendroborg.

Karin submete o manuscrito à editora; não escreve para gaveta de madeira nem para computador de tela de vidro. Grau de esperança na publicação: sequer digitaliza o texto.

– Quem compraria um romance em língua exclusiva da autora?

Enfia num envelope a pilha de sulfite rabiscado e põe no correio. Para viajar entre dois bairros de Estocolmo, a carta obesa custa nove coroas; todas dão saudade antecipada em Karin.

A editora envia um e-mail de aceite, cronograma de publicação anexo. Karin vai do deboche (acham que entenderam...) ao queixo caído de traída pela natureza (e não é que entenderam?). O pseudoprotagonista desaparece na página trinta e um, sete posições falham até que a cena de sexo telefônico embale, o mordomo é inocente e finta a polícia nos braços do carteiro; detalhes lidos batem com os escritos.

– Como pode?

Karin não contesta. Reza para que os correios declarem greve. Deus não atende; chega um envelope com a prova de preparação.

– Não abra, ignore, arranje um baú e uma tranca.

Na Suécia, "quem cala consente" não se cristalizou em ditado popular. Nada que impeça as suecas de agirem conforme; a editora despacha a prova seguinte, com marcas de revisão.

– Quem aprovou a primeira?

Karin devolve o adiantamento, soca o celular desligado no guarda-roupa, corta os fios da campainha e os do interfone. "Ninguém devolve sem receber" tem aptidão de ditado. Intui que capista, preparadora e revisoras também entenderam o romance. Teme a porteira, a zeladora, a gerente do banco, mas aí é exagero: idioglossia ou não, ninguém entende o que não leu.

Livro publicado, as leitoras se acumulam (recomendam para as amigas, compram de presente para a festa de Santa Luzia) e nenhuma tem dúvida quanto ao conteúdo exposto: o carteiro bandido incrimina o mordomo, se apaixona por ele e passa a tentar salvá-lo sem se entregar. Em um mês de calendário, os direitos autorais equivalem a três de contas pagas uma classe social acima.

Karin recebe elogios e ataques públicos pelo "estilo seco". Ninfas e matronas do país inteiro criam fluência naquela língua infantiloide, desprovida de sintaxe e de morfologia. Logo, surgem grupos de leitura na Noruega, na Dinamarca e, salve--se quem puder, na Finlândia. A prefeita de Helsinque instala um painel luminoso e apartidário na fortaleza de Suomenlinna: "Aqui o povo kriuki mbletnik". Na falta de algo mais a perder, a escritora perde a paciência e publica em sueco standard um comunicado.

Caríssimas leitoras,

Não compus o romance Trpuz Yantnauwr em idioma algum, natural ou construído. Trata-se do balbucio da minha filha, uma criatura ensimesmada que não sabe falar. A mãe dela me abandonou e me empobreceu; fiquei ruim das ideias, inventei uma história à medida em que tentava reproduzir por escrito os sons que escuto, sem certeza de que coincidissem com os que ela emite. Se qualquer ligação houver entre o enredo que concebi e as letras que juntei, não será literatura, mas delírio coletivo.

Peço encarecidamente que me façam o favor de des-ler um romance que não há jeito ou maneira que vocês possam ter lido.

Grata pelo auxílio,

K. N.

Em vão.

Aí, Karin se convence que desatinou e pede palpite (nada de ajuda, só palpite) profissional. A psicóloga objeta.

– Se alguém entende uma mensagem sem os meios pra tal, louca de quem entendeu, não de quem transmitiu o recado.

E se diagnóstico fosse cobra, engolia essa psicóloga em uma bocada e levava duas semanas para digerir. Karin se convence de não ter enlouquecido. Faz o que fez, em pleno domínio das faculdades mentais: amarra a filha na cama onde Harriet dormia, se ajoelha ao lado da cabeceira e cola o ouvido no colchão até que a menina sufoque. Demora.

– Te matei de fome.

– Por que você morreu de falta de ar?

Guarda a defunta e sai de Estocolmo a pé, impressões digitais ardendo. Cruza duas cidades sem fazer curva. Não delira. Muda de opinião sobre o roxo do céu. Exausta, senta na praça de uma vila prestes a ser rebaixada para lugarejo, onde trava amizade com uma árvore dura, de nome Babi.
Chega de *spoiler*. Se quiser o fim do filme, vai ter que ver. Chama *Prezada Karin*, procura. Contei a história porque não disponho de melhor recurso para explicar o estresse em que Natal me põe todo ano desde que meu pai achou que arremessar comida pela casa reascenderia a fé da esposa.

XIII

Ano-novo, menos problemático, sobretudo quando o marido comparecia e me papariçava entre feriados.
Na volta da lua-de-mel, pelejei que não dividiria as festas de fim de ano com ele. Beiramos divórcio civil, postulamos o religioso. Tudo bem que eu desse uma passada na minha mãe, como não?
– Mas dormir lá é um pouco demais.
– Já reparou que ninguém faz isso?
– Ninguém. Só você.
Meu marido, no inferno, não cai no círculo dos impacientes. Separa aborrecimento de zanga, não é de reclamar. Desabafou uma vez e porque a ponto de explodir.
– Você casou comigo ou com a sua mãe?
Lógico que o Carlos não ia se encantar com a situação, mas que tal remoer em silêncio?

– Você sabia onde tava se metendo.
– Ah, é? Quem me contou?
Duas horas de tendepá furioso. Dava para colar cartaz na porta e vender ingresso como peça de teatro experimental. A plateia não decifraria nem quem interpretava qual personagem, imagine o conteúdo das falas.
– Dois dias! Dois!
– E daí?
– Os que durmo aqui são trezentos e sessenta e três.
– Aqui é sua casa.
– E ela é minha mãe. Será que você pode aceitar?
– Antes de casar, até podia. Agora, só posso engolir.
– Tá insinuando que eu te enganei?
– Insinuando? Não.
A gente perdeu os outros assuntos e se machucava feio sempre que tocava nesse. O calendário se reconfigurou, de tabela de trivialidades (acorda, se alimenta, trabalha e dorme) em lista de prazos e alívios. Será que chegamos casados até o aniversário da cidade? Se ainda morarmos juntos no carnaval, melhor reservar o presente de aniversário dele. Na véspera das bodas de papel, eu não garantia que completaríamos a data. Não teve comemoração. Para não passar em branco, abrimos uma garrafa de vinho e pedimos um calzone no Turmalino. Lamentável não ter foto desse dia; os dois ficaram com dó de tirar.

Existiu correlação entre engordar e vício? Saudade de quando ele mentia para me seduzir; lambia prato de comida de micro-ondas, assistia novela comigo, programa de decoração de interiores. Minhas amigas louvam homem sincero; eu, não.

Sinceridade é fácil; quem dá valor finge. O que em mim, de repente, inspira franqueza? *God knows*. Existiu correlação entre engordar e os tabefes.

– Continuo com você ou vou embora?

Eu precisava da informação, mas aquele ângulo me desfavorecia.

– Carlos, você quer: ficar comigo ou não separar? Diz a verdade.

Não dava para saber.

Pelo sim, pelo não, vexame anular casamento que ainda não tinha durado sequer um curso de pós e que custou muito mais; um festão, e a gente não bancou sozinho. Os "patrocinadores" iam ter um faniquito. Além disso, deprimente arranjar homem substituto: pediria que sussurrasse e gemesse igual ao Carlos, sorrisse torto, explicasse futebol para eu não ouvir.

A sério, nossa única desavença. A gente se ansiava.

– Não vou desistir no primeiro obstáculo.

– Nem eu.

As brigas incharam: quebrei um copo de propósito, ele bateu a porta e peregrinou vinte horas na rua. Vontade de me cortar com a navalha de barba. Me contive para não ter explicação que dar sobre cicatrizes.

– Amor, que é isso no seu braço?

– E isso aqui, no joelho?

– O que você fez no mamilo?

Se for para terem alguma coisa de mim, que seja piedade, não medo. Não restava saída: ele admite ou decreta?

– Por que não?

– Porque é impossível.
– Impossível não pode ser, Carlos.
– Desse jeito, tanto faz.
Paramos de tentar. "Conviver com o problema" virou palavra de ordem. Carlos se propôs a não mencionar de novo a sogra, perdoei o dito de horroroso sobre dependência emocional. Razão, ele até que tinha; direito de ser grosseiro, vade-retro.
– Quer saber? Antes só que desdenhada. Cansei.
– Do quê?
– Tô te obrigando a ser meu marido?
– Tá me obrigando a ser marido da sua mãe.
Carlos cumpriu o combinado. Aboliu os sinais de contrariedade, exceto por testa franzida ocasional ou mordida bissexta de lábio – e tudo certo; às vezes, corpo reage mais rápido que educação. Também cumpro minha parte. Tenho sido uma esposa em tudo digna do título, depositária e fiadora do ânimo do marido; porém, de que me adianta, se sou assolada por remorso desde que avisto a primeira fornada de panetone no supermercado até o ressurgimento dos ovos de Páscoa?
Não aceitar penitência, pecado de soberba.
– Desculpa. Sei que você fica jururu.
– Desculpa, tá? Prometo que te compenso.
Quantas vezes promessa afim me brotou da boca e dos dedos? Se meu marido respondeu 15%, foi muito.
– Não pede desculpa.
– Você não fez nada.
Brigar era pior, era mais fácil.
A compensação que prometo inclui cremes, roupinhas,

consentimentos dados, recusas engolidas, roteiro e posições de filme pornô, ora piso no meu escravo, ora meu dono espanca meu rabão. O que tenho para oferecer além de corpo? Fantasia? Não, as fantasias são dele. Possesso: que eu parasse, por favor, de falar em compensação.

– Ué, normal. O que você queria?

– Que você ficasse comigo porque gosta de mim, não pra me compensar.

– Eu gosto de você. Deixa de ser bobo.

– Você não gosta do quê, então? Do que a gente faz?

– Gosto. Não é isso.

Divórcio religioso, indeferido. Quando a notificação nos alcançou, já tínhamos desistido do civil. Precisamos ir na Igreja de Arena, na Rua Girassol, assinar um reconhecimento de laços na frente do pároco. Suspirei de alívio, o Carlos suspirou de calor. São Tabu, padroeiro dos casais, orai por nós.

XIV

Dia 28, minha irmã ligou. Me surpreenderia menos o Papai Noel pedindo *feedback* do presente. Três anos que não ligava ou deturpei a conta? Não brigamos. Ligo eu de vez em quando, ela atende de quando em vez, os assuntos escassearam. Nada alarmante, atravessamos fases assim. A propósito, não simpatizei com o presente; tudo nele grita "comprado em cima da hora", e o Carlos não é de pouco caso. Espero ter transmitido a insatisfação.

– Ai, amor, não precisava. Você sabe que não dou bola pra presente.

Ele que atendeu. Isis considera um absurdo acesso livre ao telefone do cônjuge. Assim que deduzi quem se arreliava do outro lado da linha, a maxila esquerda fez claque. Se chatice viesse em jarro, Isis viveria derramando a dela na minha cabeça, para se desculpar logo em seguida.

– Ups, perdão, não te vi aí.

Carlos disse "sua irmã" e me restituiu o aparelho. Adoro matraca fechada, mas como ele ia adivinhar?

– Oi, guria.

– Quanto tempo. Por que não me ligaste no Natal?

– Tava esperando que tu me ligasses.

– Mas, bah.

Desde nem lembro quando, acho que desde que a gente ainda morava labirintada entre as mesmas paredes, temos mania de falar em gauchês no telefone.

– A guria já tentou te matar?

– Ainda não. Me declarou inimiga anteontem.

– Te prepara.

– Tu achas que vem uma guria?

– Como é que eu vou saber, tchê?

– Tu não disseste "guria"?

– É que dá preguiça falar "guria barra guri" toda hora.

A gente se gaba de "gauchês fluente sem ter posto pé no Rio Grande", mas falamos, no máximo, gauchista, dialeto intermediário entre gauchês e paulista. Com nosso vocabulário minúsculo e sotaque estereotipado, deve parecer língua estrangeira de novela. Em todo caso, piada besta que a gente deixou passar da data de validade; não sei por que incomoda os maridos.

Isis não soava tensa. De fato não estava ou ilusão telefônica? Eu estava, e devia soar fingida em vez de tensa. Ligou para quê, para conferir se minha gravidez andava tão desgraçada quanto tinha sido a dela? Gauchês sobrecarrega o queixo. Se a conversa se estende, cansa. Enfim, a revelação: convite pro dia de ano lá em Itatiba.

– Aconteceu alguma coisa?

– Quero conhecer minha sobrinha antes que nasça e fique chata.

Meio em cima da hora, né? Por que não convidou antes, com tempo hábil? Que pessoinha pantanosa, minha irmã; pisa em falso pra ver o que te acontece. De onde ela tirou que eu podia aceitar?

– Vocês não querem?

– A gente quer, sim. Bom, eu quero. Ainda não cheguei com o Carlos.

– E, pelo jeito, nem vai.

– Is, não faz assim.

– Diz que ele pode vir sozinho se a dondoca empacar.

– Is, você sabe que não dá.

– Vai encoleirar o coitado?

– Eu tenho que ficar com a mãe.

– Você não *tem* que ficar com ninguém.

Deixou de ser convite, virou ordem desobedecida e se prolongou numa batalha de nervos para que eu admitisse que não queria o réveillon no interior com a família *dela*.

– Okay, você ganhou.

– Não quero.

– Satisfeita?
Não. Evidente que não. Como se eu não conhecesse... Propus outra data; quem sabe, Dia de Reis. E se viessem eles um fim de semana para cá? Nossa senhora, lá vou eu chuchar hóspedes imprevistos no meu marido.
– E se eles aceitassem?
– Certeza que não, absoluta. Aturo a Isis desde que eu era um feto. Ela batucava na barriga.
Tive o descaramento de pedir que viesse comigo na casa da mãe.
– Não.
– Por que não?
Tentei mudar de assunto antes que ela respondesse. Sou dona da minha barriga, mas proprietária? Quem vende umbigo burla a lei. Tarde demais.
– Escuta aqui, não aguento ser tratada que nem criança. Não foi pra isso que penei pra caber na vida que levo.
– Não entendo isso.
Que merda. Errei. Era para eu ter dito "não tô entendendo", que significa "foge à minha compreensão", *I can't understand it*. Em São Paulo, "não entendo isso" significa "sou contra". É o que se diz, por exemplo, sobre homem que vira mulher e vice que vira versa depois que ficou feio rotular de "pouca vergonha".
Entendi aonde minha irmã queria chegar. Afirmei o contrário para combater o silêncio. Ou para me fazer de desentendida; nem eu sei direito.
– Quem te trata que nem criança?
Isis não gritou comigo. Sentenciou culpados, rastreou mo-

tivos, delimitou onde, jurou vingança. Pela desenvoltura do discurso, devia pensar naquilo de seis em seis horas. Desenvolto que fosse, não fez sentido. Espero que, para ela, tenha feito.

XV

Comecei a escola com seis anos, nenhum completo. Detestei. Escapava correndo no meio de uma atividade e invadia a classe quatro séries acima.

— Is, eu quero ficar com você, me deixa ficar com você, eu quero ficar com você.

Ela quase chorava de vergonha; depois que se continha, quase chorava de raiva. Ia de leitosa a vermelha num ai e de vermelha a roxa num ui. Cerrava os punhos para mentalizar que me esmurrava ou para não cavar um buraco no chão com as unhas e meter a cabeça. Eu não voltava para a minha sala, senão arrastada e aos berros.

Sou de julho (aham, sol em câncer). Boa parte dos coleguinhas ostentava, por um semestre, idade maior; eu me mordia de inveja. Criança não se casa, não alardeia currículo e não concentra renda; status social é ditado por senioridade e na porrada.

Varei um monte de horas de dormir daquele ano matutando num desastre natural que matasse ninguém que gosta de mim e botasse a escola abaixo. Qualquer terremoto de nota azul serviria, mas cismei com vulcão. Às vezes, me pegava com Deus.

— Por favor, Deus, faz chover tanto que não dá pra sair de casa um dia inteiro, amém.

Não ofereço nada em troca do que rezo. Hoje de manhã, reocupei a menininha que o ensino fundamental obliterou: ao acordar, constatei não ter sido assassinada durante o sono (nem por órgãos em falência, nem pelo coocupante da cama, nem vítima de arrastão ou desabamento ou incêndio no prédio) e que preciso ir na minha mãe.

– Deus, vai ser pecado se eu pedir um furacão que não machuque ninguém?

– Você é engraçada, Julia.

O Catecismo prega que Ele não tem sexo, mas homem nunca tinha dito que sou engraçada, nem homem sem sexo. Se meu marido dispusesse de um furacão, ainda que em Bangladesh, me deixaria usar?

– Você me ama se eu for uma vaca e desamparar a minha mãe?

Normalmente, responde "te amo mais do que já amei, e olha que não foi pouco", aí lhe sento um tapa no ombro, "ei", digo "você não presta", e ele confirma, "não mesmo", zombando de mim sem troça. Dessa vez, me beijou triste e colamos testa com testa. Eu, de olhos fechados; ele, suspiroso, aposto que me contemplava. Me apertou a bunda e cabeceou o ar na direção do banheiro.

– Vai lá, amor.

Tomei banho, escolhi roupa com palpite que me quebrasse ligeiramente a cautela. Torci para que caísse café ou creme de chocolate e manchasse tudo. Se Deus não estivesse vendo, eu teria enchido as mãos de manteiga e lambuzado a cara, enfiado no olho. Vou arrancar os cílios um por um para não sair daqui. Ninguém me tira daqui.

Terminei o café da manhã ilesa. Pus nécessaire, camisola,

não lembro qual livro e uma caixa de bombons na bolsa. Me maquiei até que ninguém pudesse me criticar por desleixo. A internet anuncia três dias de tempestade. Carlos desaconselha guarda-chuva e me leva até a porta do condomínio da sogra.
– Não é minha sogra.
– É mãe da minha mulher.
Me deu beijo de despedida e beijo de adeus. Mandou votos de feliz ano novo que não vou transmitir. Só o que faltava agora, virarem amiguinhos. Desci e aguardei até perder o carro de vista. Demorou, depois demorou mais, porque a rua é reta, comprida e cheia de faróis.

XVI

Na Rua River, o apartamento 101 do Edifício Gorz nada fez para embargar o divórcio. De um escritório de mobília assimétrica no Itaim, o Dr. Robert Silva caprichou. No fórum, nem se fala. Dispôs o caso em tiras verticais, elencou as provas – imbatível. Revezou consigo mesmo: atacava a cliente a quem se opunha e logo trocava de banco para defender a acusada das calúnias que ele próprio proferira. Levou dois: paletós, relógios de pulso, gravatas e pares de óculos. Esqueceu de se trocar a partir da quinta vez que cruzou o tablado. Mesmo sem varal onde pendurá-la, desdobrou e sacudiu a malquerença entre os meus pais, premissas embasadas na Bíblia – incontestável. Venceu pelos dois a causa que desejava que ambos perdessem. Nas considerações finais, instou a meritíssima juíza a indeferir o que ele havia requerido.
– Doutor, depois da arguição do senhor, nem sob suborno.

A contragosto ("não me entortem a estratégia, gente"), peticionou para que Isis e eu compuséssemos a plateia. Aceitaram minha irmã por direito constitucional cristiano; me recusaram por data de nascimento.

– O que essa juíza ganha pra desajuntar nossa família? Esbravejei sem trégua, desde que Isis recebeu o oficial de justiça com a autorização até passada a audiência, porque demonstrar interesse era encargo de boa filha, e só. Já disse: quem ama finge. Não compareceria nem se a togada me intim(id)asse. Para quê? Para quem? Reclamonas subalternas, nós, "as meninas" para o de coluna curvada e "as crianças" para a de queixo duro, nos tornamos, no meio do furdúncio, fardo leve de suportar, cobiçável até, porém inoportuno: motivações pouco nos diziam respeito, decisões se tomavam visando, óbvio, nosso bem-estar, jamais nossa vontade.

Tínhamos tutano para perceber que o pai não largava nós duas (nem três). Não adiantou. Intelecto não impede ninguém de ser burra. Tínhamos também o bom-senso de não presumir que a mãe se converteu ao ateísmo para nos despojar de (ou do) pai. E adiantou? Tampouco. Ponderação não impede ninguém de ser cretina.

Perdi a dimensão do meu tamanho. Passei a dormir em metade da cama, a tomar banho com um peito fora d'água. Entalei na porta do metrô porque me enfiei correndo numa fresta menos larga que gato vivo. Uma senhora gritou "socorro, maquinista, a moça travou, socorro".

Ao contrário da Isis, não me recrimino porque uma turminha mora debaixo do Minhocão, arfa de sede, come lixo, trabalha em cargo escravo, ai-ai-ai, como somos privilegiadas, nos queixamos de barriga cheia. E daí, cara? Acordamos numa família e dormimos noutra, despojada de homem, que mal reconhecíamos e que até podia ser nossa, mas não era a nossa. Se dou de me preocupar com a dor de gente que conheço de estatísticas, quem cuida da minha? Não quero que ela cambaleie pelos becos, sem ter a quem doer.

Nos primeiros tempos, a gente atormentava a mãe de pura ruindade. Te juro. Não era vingança, não era pirraça, era *ruin--dade*. Namorei e levei para casa um tatuado de regata que mal se molhava, encardido. Eu não teria dado nem boa noite, senão pela certeza de que ela preferiria um derrame cerebral a se conformar com genro daquele naipe.

– Faz o que você quiser comigo, mas não deixa a sua vó nem sonhar que esse sacripanta vem aqui.

Isis se trancava no quarto pelo tempo que a mãe vagasse solta dentro de casa. Na volta de um passeio ou da escola, se apossava do ponto de ônibus da esquina e me pedia mensagem para quando "a Rebeca" saísse ou se recolhesse. Lia, relia e treslia o mesmo livro, *A hora da estrela*. Não arredava pé antes do meu sinal. Ganhou dos três mendigos fixos do bairro apelido de Macabéa (para os íntimos, Béa, mas… íntimos?). Tolerava fome, sede e aperto para não trombar com a mãe. Tomava chuva. Chegou a comprar um penico, mas teve nojo de se valer dele. Desenvolveu insônia e bulimia nervosa; labutava para que desconfiassem que se tinha perdido em drogas das quais sequer sabia a cor. Eu podia entrar – se batesse em ritmo sincopado.

– Tum tá: tum-tum tá tum.

– Tum tum-tum tá: tum.

– Tururum tum tum-tum tá.

A mãe nem batia para não se iludir.

Terminei com o seboso, Isis voltou a morar no apartamento onde residia. De moto próprio, sem intervenção direta da mãe nem dos aliados. Ser do contra demanda engenhosidade, cansa rápido.

XVII

Meu pai alugou apartamento a quinze minutos de bicicleta. Alugou: não planejava permanecer nas redondezas depois que casasse as rebentas. Vejo no jornal e pelo povo do escritório, meio comum separados jogarem os filhos num pai contra mãe do diabo; ciumenta manda mulherengo para a cadeia em benefício das crias. Nosso caso foge à regra, se é que de regra se trata. A mãe reagiu em pose de implacável (braços rígidos paralelos ao tronco, pescoço em ângulo de 65 graus com o ombro) às poucas ocasiões em que ouviu uma das duas desacatando o ex-marido.

– Mas você faz pior!

– Eu posso. Vocês, não.

– Por quê, hein?

– Porque não é meu pai. Deu pra ver a diferença?

Descabida? Tá. E ele, que nos estimulava a trocarmos de função? Ocupem vocês o papel de mãe. Sei lá. Assim que eu interpretava os pedidos de paciência, de flexibilidade?

A guerra do divórcio terminou com novas demarcações territoriais. O Tratado da Rua River estipulava assentamentos para

Isis e para mim no refúgio do pai banido, um quarto cada.

– Que conforto.

– Agora vocês têm duas casas.

A gente que escolhia onde anoitecer, sem agenda predeterminada, sem permissão, o que desse na veneta. A distância curta contribuía; ex e ex atinavam com o revés daquele arranjo, mas não encucaram.

Até o casamento da Isis (não programamos nada; aconteceu), só íamos no pai em dupla.

– Hoje não dá. Sua filha vai ficar na faculdade.

– Quantas eu tenho? Vem você.

– Amanhã a gente vai, tá?

Visitar o pai abria miniférias em plena tarde: os objetos me pertenciam sem marca de dedo, quem soubesse nosso endereço não me encontraria, comida toda do tipo fura-dieta, tarefa da escola de jeito nenhum. A clarineta, Isis levava de vez em quando e praticava escalas até os vizinhos criarem rancor.

Nunca pernoitei no quarto paterno. Só durmo fora em viagem; reclamo até doer o pulmão, quebra na rotina me tira de sintonia. O pai se magoava porque, assim que a nuca de uma amolecia de sono ou que batesse na outra vontade de ensaboar o sovaco, as duas se despediam.

– Mas aqui também é casa de vocês.

XVIII

O pai não conheceu mulher depois do divórcio. Bom, não que a gente saiba. Não perdeu o charme, bonitão em todos os ciclos.

Desfilava aqueles gestos lentos de hétero seguro de si, sabe? Homem que amarra gravata uma velocidade acima de câmera lenta tende a se resolver com o tamanho do cujo, ainda que pequeno. A mulherada mira, mede as consequências e remira, se oferta. E ele resistia? Sei não... Tenho para mim que se resguardava, só isso. Tá, mas, então as amiguinhas também se resguardavam para que rumores não surgissem ou, se surgiram, não vazassem? Isis se apegou à teoria de que ele ainda se mantenha fiel para não correr o risco de que a esposa pródiga dê meia-volta em pleno retorno caso vislumbre uma sirigaita a lhe ocupar o macho. Não descarto.

A mãe, sim, colecionava namorados. Um, inclusive, não podia ser nosso irmão do meio por nenhum critério, exceto idade. Ex-aluno? Por prudência ou desinteresse, ninguém perguntou; nada que a impedisse de pinçar palavras gordurosas ao dicionário ("concupiscência"?!) para esclarecer, na mesma melodia em que contava ter encontrado "parceiro", que aluno seca o tesão de qualquer uma. Onde, então, conhecera figura tão improvável?

– Na ala nobre da Cracolândia?
– Naquele bangalô debaixo do Minhocão?
– Nos degraus da Sé que não foi.

Arquitetos que estudam relações entre logradouros de São Paulo e sarcasmo se fartariam com a minha família.

Tia Marina tripudiava. A maledicência dela chegava a fazer mais sucesso nos grupos de parentas que a devassidão da minha mãe. Compreensível: caber aquela quantidade de veneno em um ser-humaninho que se punha na ponta do pé para inteirar metro e cinquenta? Cada uma... Eu pouco tumultuava. Para brilhar nas luzes da modernidade, posso dizer que não me abalei com os namorados da mãe. Posso, mas ô mentira deslavada.

– Demasiado velha para (insira aqui um verbo imbuído em juízo de valor, conjugado no pretérito arcaico do indicativo) rapaz blá-blá-blá-mente jovem?

Não. Nossa antipatia se sobrepunha a singularidades. Altura, peso, fonte de renda, carisma, gosto musical, formação acadêmica, posicionamento político: foda-se. O bafafá sobre idade não me mobilizava, tacanho.

Sem educação, não se chega a parte alguma. Como eu adoraria que o mundo girasse assim. Sem educação, vai-se longe e desimpedida; não repare no meu desdém pelos broncos. Me assaltem na Baixada do Glicério, pronunciem "as boas maneiras ou a vida", e morrerei abraçada aos meus por-favores. Não vou sair desaforando um estranho porque transa com a minha mãe, pelo amor de Deus. Me comporto igual a uma *lady*. Para ela, não basta.

– Não dê uma de bicho do mato.

– Vem tomar vinho com a gente.

– Conta do seu projeto.

Tínhamos que "participar", o que que custa?, demonstrar interesse, sorrir, acompanhar em passeio, cadê o entusiasmo, gente?, sorrir de novo.

– Por quê? Por quê? Por quê?

– Porque vocês são importantes.

– Como faz pra parar?

Não que aqueles homens, de quem a gente brigava para

manter distância, tivessem fundado um clube de crápulas; longe de mim demonizar. Os poucos que tentaram dar uma de padrasto se viram condenados pela mãe antes que a gente se revoltasse.

Você assistiu o vídeo da torturadora-chefe da Polícia dos Bons Modos?

– Sadismo é coisa de amador, tá? Aquele pessoal da Escola das Américas, o Dan Mitrione, o doutor Tibiriçá, tudo amador. Eu não quero ver gente estrebuchando, quero informação. É pra isso que a Igreja me paga. Uma profissional machuca no máximo, *no máximo*, dez por cento de quem cai na mão dela. Meu índice? Não bate dois por cento.

– Eu falo pro torturando: "escuta aqui, você acha que eu acordo de manhã e penso 'nossa, que vontade de deixar a criançada e a morena aqui pra ir dar choque no saco de um zé ruela qualquer'? Claro que não. É extremamente desagradável. Por favor, me poupe e se poupe do meu dever". Eu consolo e encorajo: "lamento, vai ter que dedurar um ou outro. Se vira com a sua consciência; melhor que se virar no pau de arara, isso eu te garanto".

– O segredo é confiança. O cara tem que confiar que você libera ele se ele te abrir o conteúdo que você precisa. Comigo, sempre libero quem colabora: tchau, passar bem. Esse trabalho meu é um exercício profundo de civilização.

Pronto. Conviver com os namorados da mãe era, que nem ser torturadora, um exercício profundo de civilização.

E nem no mais civilizado dos lares dá para escapar da tensão sexual. Que estorvo. Incesto não se tornou tabu por acaso, mandamento subliminar: não cobiçarás a semente da qual brotaste. Se o sujeito tem tesão pela D. Rebeca a ponto de namorar com ela, o que dizer da versão trinta anos rejuvenescida, que andeja e sacoleja de pijama semitransparente durante o café da manhã? E não pense que o pior seja falta de privacidade ou potencial de assédio: com isso, as motoristas se acostumam, as pedestres também, quem trabalha se acostuma, quem frequenta academia ou supermercado ou a portaria do prédio se acostuma, quem espera do lado de fora de botecos e barbeiros, quem busca a filha na escola se acostuma; saiu de casa, nhaque, desce um urubu que te rondava. A merda é que, embora tudo se restrinja a um nível mega subliminar de olhadelas e respiros, embora ninguém, *ninguém*, cultive intenções, o simples fato de ocupar o mesmo cômodo (a cozinha da sua casa!) em horário de público restrito te coloca na posição de rival da sua própria mãe numa dança do acasalamento, quando você só queria papar uma tapioca com cappuccino e se convencer de que saiu da cama.

Nas raras ocasiões em que topa com eles, o pai trata os namorados da esposa com cortesia. Esperavam o quê? Provavelmente, implicância, agressividade, que ele se apequenasse. Todos acabaram na ciumeira, todos, sem exceção.

XIX

A mãe nos ensinou a lavar casa e corpo com ervas aromáticas. Quiçá tenha dito de onde colheu a ideia, de quem copiou o procedimento; não lembro.

– Não confunda os recipientes por estares a ambos atrelada.

– Casa é o de argamassa bastarda e tinta e madeira. Corpo é o de tripas e misericórdia e ambição.

Na segunda vez, repetimos o passo a passo da origem: despertador às sete, rabanada com bacon, faxina dançando Secos e Molhados, cada uma num cômodo. Da terceira em diante, coreografia mecanizada no esforço de reconstruir os 31s de dezembro. Por uma religião que guarde o primeiro dia, o da ilusão criadora, ao invés do sétimo, de ócio meditabundo, rimos dos mesmos tombos; se a roupa desbota, compramos outra de modelo e cor iguais. Aquele companheirismo não teria se estabelecido entre nós três sem a lavação da casa. Talvez eu cometa uma injustiça, mas, se o pai ainda morasse nela, atrapalharia; a gente se conheceria menos. Me abençoe Deus com a arrogância de temperar frases com "o problema, sabe qual é?, é que homem…". Já pensou? Me daria por satisfeita até com "ai, se homem não fosse tão…".

Vamos a pé até o Largo da Batata desde que a prefeitura vetou loja de macumba no nosso bairro. No caminho, a mãe faz uma retrospectiva do ano velho advogando o contrário do que defenderá no novo. Pega pesado com a orientanda grávida que ela mesma ajudaria financeiramente a abortar na Itália, elogia passagens do Segundo Código Cristiano, recém-aprovado em audiência ecumênica da Câmera.

Frieza fosse broche, confundiria com altivez e não se vestiria sem frieza na lapela. Para nós, o efeito encantatório da caminhada em véspera de ano-bom não se diluiu, nem depois de se repetir tanto que passamos a nos parodiar. A dinâmica de poder se desestabilizava, de:

PRIMOGÊNITA | MÃE | CAÇULA

se recompunha em:

ISIS – REBECA – JULIA

Antes e depois, nos assustaria contra qualquer droga, inclusive as legalizadas, das quais a funcionalidade dela depende. Nem café escapava. Nos coagia a evitar roupas curtas.
– Qual é o objetivo?
– Fama de profissional? Mostra profissionalismo.
– Fama de peituda? Mostra os peitos.

Todo 31 de dezembro, percorrendo ruelas e alamedas com jeitão de interior de país desenvolvido, se arrependia por não ter fumado maconha até criar o hábito.
– Dizem que a primeira vez não faz cócega em ninguém.
– Eu não... Eu quase não abusei de tesão de homem.
– Sua tia Marina se pintava dez vezes mais bonita. De pele em branco, ainda é umas três vezes e meia mais bonita.
– Sei lá por quê, era em mim que todo mundo fazia fila pra se esfregar. Medonho...
– Eu queria que vocês crescessem menos idiotas que eu, mas não colaboro, né?

Por falas assim, minha irmã e eu encaramos calor recorde (47 graus de temperatura aparente, 82 pontos de amarelidão na escala Schwob) e um dilúvio daqueles que transbordam o Rio Pinheiros de móveis e afogam as ruas em água contaminada.

Ninguém aqui mendiga confiança. Não perguntávamos

nem o que dava comichão de curiosidade; não venham jogar na minha cara que pressionei a sujeita. Isis e eu nos reduzíamos a "oh", "jura?" e risadinhas. De vez em quando, pedíamos que recontasse alguma história.

A loja de macumba no Largo da Batata fecha às quatro da tarde. Para fugir do sol a pino, partíamos cedo, expedição de um trio que consagrava a distância entre carne e carne: a que vulnerabilidade pode me levar uma unha que arranhou por acaso? Atualmente, não nos mexemos até depois do almoço, nos reduzimos a uma dupla e entrelaçamos mãos ou braços por alguns quarteirões da Rua dos Miranhas. Daria para narrar a história da família em números?

– Cinco, cinco, no entanto setenta e três.

– Naturalmente, desde que nove em dezessete.

Na volta, a gente pega uma panelona cheia de água fervendo e joga as ervas. Há quem declame palavras mágicas e invoque entidades nessa hora; aí, já é demais. Tem ervas diferentes, de acordo com o que se peça do ano seguinte: paz, enriquecimento, amor, desforra. A panela se camufla com cheiro e visual de xícara de elefante. Nem ateia nem cristãs acreditam que traga paz, esquecimento, amor, o escambau. A gente usa a água para lavar a casa e toma banho com o resto. Uma dá banho de vasilha na outra.

O ritual de lavação da casa inaugurou vermos a mãe sem roupa. Preferíamos continuar sem ter visto, mas fazer o quê? Tomar banho vestida que não vou... Minhas amigas estranharam: como assim você nunca tinha visto sua mãe pelada? Pela altura a que levantam as sobrancelhas, bizarra sou eu, criança partilhar banho de adulto não espanta ninguém. Lá em casa, espantava, sim. Até hoje, ou meu pai enverga roupa social ou se lava embaixo d´água. Também pode ser que sonambule, em conjunto de pijama de flanela. No breu da manhã, escova os dentes de camisa abotoada e sapato.

A barriga da Isis parece a minha na mesma medida em que nossos rostos se parecem. No telefone, não dá para saber qual é qual. Será que um cego transando não nos distinguiria? Não conheço nenhum cego, mas claro que sim; a baixinha sou eu, doze centímetros menor.

Apesar da nudez, eu adorava lavação. Quando a mãe voltou do hospital, fiz tudo sozinha; ela coordenou, sentada. Perdeu o gosto de bolinho de chuva depois que a Isis parou. Não, nada a ver com a choldraboldra do casamento. Foi bem antes; ela ainda morava ali no escritório. Tinha nem vinte anos. Em uma janta de fins de novembro, cortou a frase de alguém pela rabeira e o assunto em pedacinhos. Abrupta – pá! Graças a Deus assunto não quebra em cacos, senão eu que ia varrer o chão. Pronunciou que não lavaria a casa dali a 30 e tantos dias.

– Tá bem...

Insatisfeita com a aceitação, Isis pôs defeito, caçando polemica. Devíamos parar com aquela sandice, nós também.

– Julia, você quer parar?

– Acho que não.

– Eu também não. Pronto.

Errado. Pronto coisa nenhuma.

– Meio incoerente que uma pessoa que milita contra Deus acredite em simpatia, percebe?

– Eu não acredito em simpatia.

– Ah, não?
– Você acha mesmo, de-ver-dade, que lavo a casa pra desviar mau-olhado, pra atrair riqueza? Faça-me o favor. Seja menos tonta do que você acha que é.

Não creio a mãe capaz de ofender a Isis. Testemunhei o ato, mas tenho plena convicção de que ela nunca o praticará. E se eu não tivesse visto? Seria crível ou eu brigaria com quem me contasse?

XX

Cheguei em cima da hora do almoço. Na realidade em que a mãe morre antes de mim, o conceito de "atrasada" evoluiu para "depois do horário combinado com tanto faz quem"? Enquanto ela não morre, permanece "momento de encontrá-la, tanto faz o horário".

Abri com a minha chave (o chaveiro que você trouxe de Madri resiste); não me senti como se destrancasse o baú onde guardo boneca antiga que me envergonha e constrói minha identidade. Exagero no barulho da maçaneta e grito "ô de casa", *just in case*. Ninguém responde. Vou dar com a mãe na cozinha.

– Oi, filha.

Não se vira para cumprimentar. Não há rota de fuga daquela região do apartamento; ela já estava ali e eu entrei, só pode, mas parece que entrei primeiro e o espaço a descortinou; o espaço ou seja lá o que ocupe o contrário de vazio. O alimento que ela contava no relógio de pulso o instante de desenfornar não se preparou sozinho.

– Ajuda?

– Não.

Me manda pôr a mesa, e ligue a TV. Como chama mesmo a emissora não-oficial que você assiste? Não criticou o atraso, apesar de se opor a desconto para grávida.

– Parece gentileza: deixa, eu vou pra você, eu pego pra você, eu faço pra você...

– Mas é autoritarismo: não vá, ponto; não pegue, ponto; não faça, ponto.

Carreguei o prato com umas cem gramas além do que aguento de lasanha borghese. Por exibicionismo ("oh, comendo por duas"), ela supõe e se equivoca. É por autoestima em baixa. Quero que ela diga que cozinhou especialmente para mim, para quem?, para mim, com amor e mesquinhez, porque lasanha borghese é meu prato preferido desde que me nasceram os dentes. Nada. Faço hummm e elogio para incentivar, para ver se ela traduz hummm em "por favor, diz que você cozinhou pra mim, mesmo que seja mentira, só diz".

– O presunto tá borrachudo.

– A borda queimou.

Pelo visto, traduziu hummm como "eu sou uma carentona puxa-saco".

Onde iríamos parar se eu confirmasse o veredito ("tem razão; tá borrachudo")? Em algum lugar menos ermo e menos árido do que o deserto do passivo-agressivo, de onde eu não sairia inteira caso desdenhasse da preocupação dela ("para, tá uma delícia"). Se não reconhece elogio como merecido, só falta rosnar. Garfou um pedaço do prato dela para o meu.

– Experimenta esse.

– Come.
– Não tá borrachudo?
Pior das hipóteses, durinho. Nada que arruinasse o dia. Medo de con– e de dis– cordar, soltei um grunhido de boca cheia; interprete como lhe aprouver.
– Eu não disse?
Ter razão a deixou cabisbaixa. Agora, é esperar para ver em que ponto regurgita essa lembrança como prova de que desprezo a comida dela, de que não aprecio quando cozinha para mim. Amanhã? Na nossa próxima estadia no hospital? Hoje, de jeito nenhum. Sem afobação: nunca faça drama do que dá para armar suspense.
Será que lasanha borghese tem essa importância toda? E se eu estiver exagerando? Veio a sobremesa, manjar de ameixa com calda de coco; eu devia ter trazido sorvete para pôr em cima. Doce não se come na mesa do prato principal, mas no sofá, cada uma de um lado, de frente para a TV.
Depois de (não, durante) uma propaganda de seguros desses novos, que cobrem danos morais:
– Caiu sete por cento essa semana.
– Vou tirar o resto pra não perder tudo.
Aconselhei, por desencargo, que investisse parte das reservas de emergência em título da eucaristia pública. Como pode – casada com economista, mãe de economista, e guarda dinheiro no porquinho?
– Eu não sou casada.
– O papa discorda.
– Eu não tenho porquinho.

– O papa não sabe.

Ah, mas não tem divórcio religioso agora? Aham, mas não é retroativo. Meus pais são da época do "até que a morte os separe". Recebi *print* de extrato bancário. Desde quando a mãe me escuta? Minha consciência tranquilizada se remexeu.

Expliquei que ela não tinha perdido um tostão.

– Mas vai perder se sacar agora.

– Sossega o facho e espera o vencimento.

– Você vai receber os aportes de volta, mais o rendimento do período.

– Noves fora.

Entendo que iniciante tenha taquicardia. Ela não entende que iniciante provoca taquicardia.

– Tem certeza?

– Absoluta.

– Não sei.

– Eu sei.

– Ah, sei lá, viu?

– É isso que eu faço da vida. Confia em mim?

– Eu confio em você, filha.

– Não tá parecendo.

– Como não?

– Olha a sua linguagem corporal.

– ...

– ...

– Como não perco dinheiro se tá escrito lá o saldo negativo? Tem um sinal de menos. Tá vermelho.

Expliquei sem esperança. Ela não pretendia entender. Com

aquele cérebro, capaz de mastigar teatro elizabetano para a molecada de cultura banguela, teria levado quinze segundos. Mas ela pretendia crer; queria ouvir uma economista, de preferência um economisto, que nunca trafegou por dentro dela, nem na entrada nem na saída, referendar meu conhecimento e comprovar que o rico dinheirinho repousava ao abrigo de flutuações.
– Não precisa ficar brava, filha.
– Achei estranho, tô perguntando. Só isso.
Santo de casa até que opera milagre; não ganha vela. De onde tirei que discorrer sobre renda fixa versus renda variável com a mãe traria alguma vantagem?
– Desculpa. Não sei o que me deu.
– Não é a minha área. Você disse que ia me ajudar.
– Desculpa.
Vai acabar tirando o dinheiro da aplicação. Reembolsar, que canseira. Se eu transferir, ela devolve o valor. A solução vai ser presentes fora de data, e tome bronca, dá-lhe crítica.
– Pra que esse luxo?
– Casou com petroleiro?
Tiro a mesa. Ela leva as cumbucas e a sobra do doce para a cozinha. O tampo da pia ainda mostra a sombra dos dentes que Isis fez a Andrea perder? Ando meio cegueta. Não me debruço para conferir, senão a mãe vai dizer que eu devia festejar o réveillon com "a empregada". Peguei um prato e mirei a esponja; ela inverteu minhas ações como se eu fosse filme de museu, daqueles de fita. Me rebobinou.
– Solta.
– Você cozinhou, eu lavo.

– Não.

Que autocontrole. Nada além de me meter a mão na fuça ou me enxotar daqui para o inferno teria sido condizente com a presença de espírito que ela lançou no ar da cozinha dentro daquele "não".

Organizou a sujeira dentro da pia. Em qual tribo o recém-nascido é posse da comunidade, não meu, meu, meu bezerrinho? Abri a geladeira e apoiei o pé na tampa da gaveta de legumes por um tempo profano, inestipulável. Que houve tempo, não se discute. A ciência ainda defendia que nada na Terra acontece fora do tempo, e eu acreditava na ciência.

– Não quero a louça limpa.

Se ela tivesse dito "nada me deixa molhada que nem lamber pneu", a musculatura do meu rosto teria se comportado melhor. Devo ter me contorcido numa careta de susto digna de terror *trash*. Não que louça suja fosse uma tragédia, nada disso. Meu assombro vinha de não ter reconhecido sequer um som que a interlocutora emitiu. Por um instante, receei que a mãe falasse um dos três idiomas de Netuno.

Meu marido não tem medo dela.

– Quê?

– A louça. Não é pra lavar agora.

– Não?

– Mais tarde.

– Mais tarde quando?

– Vem.

– Onde?

– Na sala.

– Pra quê?
– Vem.
Começa um filme dentro da TV, um documentário sobre o Jaime Anger. O médico psicopata, lembra? Que opção esquisita para véspera de ano novo... Em dois mil e a Isis era neném, o Dr. Jaime angariou fama Brasil afora como "o Carniceiro dos Jardins". Fez por merecer a alcunha; uma investigação amadora trouxe à tona que havia matado centena de mulheres e estuprado no mínimo o triplo. Morreu no xilindró em dois mil e o neném agora sou eu. Minha avó chegou a se consultar com ele, na Faria Lima.
– Extremamente gentil.
– Ele não espera pra falar. Ele escuta, sabe?
Até o documentário, eu não tinha visto o consultório. Suntuoso e cafona: arranha-céu de vidro posando de grã-fino, ambientes decorados com reproduções de estátuas gregas.
No dia em que a prisão do Dr. Jaime Anger rendeu furo de reportagem, minha avó chorava de soluçar. Foi a única vez, uniquíssima, que desgraça de jornal teve plausibilidade.

XXI

Saímos. A louça não nos acompanhou. Jaz na pia, sem que a lavem, do mesmíssimo jeito que cadáver insepulto jaz em chão de guerra vencida sem que o sepultem. Na porta do prédio, viramos para o lado errado. Não comentei o lapso. Mas quieta, eu não ia ficar.
– Que chique.

– Faz tempo que você usa chapéu?

Não que chapéu influencie no trajeto.

– Nossa. Séculos.

– Nunca te vi de chapéu.

– Claro que viu.

A mãe pisa em falso. Calculou ou enxergou degrau a mais descendo a escadinha embutida na calçada? Deve ter doído, porém nada grave. Em vez de gritar, chiou agudo; em vez de tatear a anatomia em busca da lesão, se escorou contra a fachada da loja de tinta.

– Mãe? Que foi?

– Nada.

– Que foi?

– Nada. Só torci.

– O pé?

– Isso.

Se aprumou para retomar a caminhada. Sem sucesso. Mancou meia-volta, eu atrás. O machucado lhe tirou dez quilos? O tropicão? Meu susto? Ela minguou do almoço para cá.

Fui bengala dispensada. Sugeri pegarmos um táxi até a loja de macumba.

– Eu comprei as ervas terça.

Por que se antecipou? Melhor não me inteirar. Tirar a limpo nunca presta entre nós duas...

– Mãe, vamos no hospital, ver se não foi sério esse pé?

– Não.

A gente inventa uma gramática por frase ou cala a boca ou não se entende.

Um motorista embica o carro para cima de nós e desce a mão na buzina porque o farol abriu para ele enquanto cruzávamos a faixa.

Em casa, o porteiro não se prontifica: cavalo. Com uma metade do esqueleto, me transverto em andador para a mãe, escoro o portão com a outra. Durante a manobra, ela grita que não precisa.

– Não precisa, não precisa. Deixa, Julia. Não precisa. Me solta.

– É você que tá me segurando.

– Me solta.

No elevador, me chama de Isis, mas não misturou os nomes: até se acomodar no sofá com um copo de água com açúcar, recebeu no corpo da caçula a visita da primogênita. Gastou em Julia curiosidades e pedidos que economizara para Isis, acariciou o cabelo dela no meu, me guardou de perigo alheio.

Entrei no jogo; troquei de primeira pessoa: baita trairagem da parte da Julia. Não apenas com a mãe, e comigo? Minha irmã é da pior categoria de megera, da que esbanja boas intenções. Tem uma língua macia que nem flauta, a filha duma égua. Não à toa, acende churrasqueira com nota de cem; aquela ali vende para surdo temporada de orquestra. Se eu vier a saber que ela vestiu minha consciência e saiu por aí, por *ali*, bem capaz que ainda me injetem uma seringa de remorso por desaprovar essa palhaçada.

– Que mal te causou? Não há indignação nem alívio que tire da mãe o júbilo de ter feito as pazes comigo depois de estúpidos tantos anos de teimosia.

– Sai de mim.

O certo seria que eu tivesse ciúme? Sim, mas por quê? A mãe não me rejeitou para acolher minha irmã. Quando voltou a si, nem cogitei contar a verdade sobre o ocorrido. Para quê? Se ela me avisasse que não vou ter com quem desabafar a respeito amanhã, aí não, aí eu diria "mãe, você desembolsou cinco minutos me tratando como se eu fosse *uma pessoa*", e ela não retrucaria nem "mas você é uma pessoa" nem "ah, é? Quem?".

Quais transformações hei de sofrer até que consiga falar "fiquei com tanta pena que perdi o ciúme"?

– O que eu disse desde que a gente chegou em casa?
– Você não lembra?
– Nada. Falei alguma coisa estranha? Te tratei mal?
– Não, mas você achou que eu fosse minha irmã.
– Te chamei de Isis?
– De Valeria.

Até aquele instante, eu não sabia que a filha que ela perdeu teria sido batizada de Valeria, sem acento. Sou a caçula, afinal, ou a do meio?

XXII

A mãe dormiu de porta aberta até o céu esverdear. Conferi respiração, pulso, temperatura, bizoiei debaixo das cobertas. Diria que ela ganiu, mas ai que rude. Lavei a casa, desajudada; me eximi da parte do banho. Ano passado vai ser o último em que nos vimos sem roupa e nada se comentará acerca da tradição

rompida, além de "a gente devia retomar os banhos".
– Preguiça...
– Desistir vicia.
Se encosto naquela louça, o confronto decorrente vai me custar hora extra na psicóloga.
– Cuáo és a média semanal de te castrarem?
– Te parece una média razoável?
A única tarefa doméstica disponível que me afastasse da saúde da mãe era a lavação. Funcionou: ela machucou o pé, não bateu a cabeça. Há de ser nada.
Procurei as traduções da minha irmã pelas estantes. Nem sinal. Diz a mãe que tem todas. Onde guarda, então?
Acordou mancando menos, lúcida feito assassina de aluguel. Me pega no flagra com um livro de piada sobre o Capeta que saquei da prateleira. Se, de manhã, um oráculo tivesse previsto "antes da meia-noite, rirás do Sete-pele", eu recomendaria férias nas montanhas e remédio tarja preta.
– Que horas são?
– Nossa Senhora!
– Calma, filha. Sou eu.
– Ainda bem...
– Credo. Quem você queria que fosse?
– Sei lá.
Sobre o cheiro que penetrava meu nariz com aroma de incenso e o dela com sabor de cachimbo, sem comentários. A partir de agora, compre as ervas sem mim, e lavo a casa sem ninguém. A gente ainda não descobriu a mudança na rotina.
Resisto a encerramentos. Não me despeço quando vou em-

bora nem de quem vai. O fim menospreza minha resistência, chega sem cerimônia, põe termo. E eu retribuo o descaso: sigo ansiosa pelo fim do que já se acabou. Me apego aos vestígios. Se camisa manipulasse a arte da ausência, esta aqui teria me abandonado umas dez sessões de varal atrás.

– Quanto tempo eu dormi?
– Por que você não me acordou?
– A padaria vai fechar. A ceia.

Trocou de roupa às carreiras; calçou o sapato em pé, mordendo o porta-cartões. Corre até o banheiro, taca maquiagem de emergência e volta. Me levantei para ir junto.

– Continua lendo seu livro.
– Não precisa de ajuda?
– Pode deixar.
– Tá melhor?
– Tô. Só torci o pé.
– Tem certeza?
– Você não tem?

Não, mas cedi. Meu epitáfio:

JULIA RUBENS DE ALBUQUERQUE

(2019–2093)

ELA CEDEU

Que livro engraçado; vou comprar um. Por que católico reza para Deus, para a Virgem Maria, para o meu padim pade Ciço e todos os santos, porém não dirige palavra ao Satanás? Em que guerra se ignora o adversário?

– Sarnento que estais nas profundezas, maldito seja o vosso nome, poupai-nos do vosso reino, seja infértil a vossa vontade. Jesus não mandou amar os inimigos? Aham. Também mandou a gente vender todo o patrimônio e distribuir a arrecadação entre os mendigos (Lucas, 18:22).

– Chuta quantos salários-mínimos tenho em brinco na penteadeira.

A mãe voltou acompanhada de um branquelo careca de uniforme da padaria, pago para carregar nossa ceia. Podia ter avisado que não ia subir sozinha; detesto que homem que não conheço me veja descalça.

XXIII

A mãe pediu para beber a garrafa inteira. Golpe de mestra: se me baixa lei seca por causa da gravidez, encaro como provocação. Resolveu mamar de um gole só? À vontade.

Saiu falando um monte que eu não sabia nem esperava, tipo que minha avó, mãe do meu pai, bramava que a nora não passa de uma oportunista, que "emprenhou pra dar o golpe".

Não revelou segredos, nada picante. Não bebeu nem metade da garrafa. Fingiu embriaguez e soltou a franga.

– Não sou oportunista, sou interesseira.

– Diferença?

– Não casei com seu pai por dinheiro, juro. Casei por beleza. Ele era um deleite. Quebra o galho até hoje, dá de dez em muito rapaz da sua idade. Se empobrecesse, a gente se arranjava. Se enfeasse, sinto muito.

– Por que você não disse isso pra vó?
– Quem te disse que eu não disse?
– Rará. E ela?
– Se ofendeu, que era sarcasmo. Me chamou de respondona.
– E por que você engravidou, se não pra dar o golpe?
– De repente...
– Não foi planejado?
– O quê?
– As filhas.
– As filhas de quem?
– As suas. Não foi planejado?
– E eu casava pra não ter vocês? Seu pai menos ainda.
– Então o que foi de repente?
– De repente, bateu saudade de Deus. Pede pra ele me ligar quando der?

Ri não sei do quê. Ela falou sério.

– Crer é mais fácil que não crer?
– Nem mais bonito.
– Você se arrepende?
– Não.
– Por que não?
– Porque não escolhi. Enquanto puder escolher, escolha Deus.

XXIV

Lavei a louça da ceia (que, pelo horário, se enquadrou menos na definição de ceia que na de janta) e a acumulada do almoço. Não houve objeção. Nada a que eu não esteja mais acostumada

que a escovar o cabelo; a mãe esquece a troco de que matou e morreu quinze minutos antes.
– Por que você quer tanto fazer ballet?
– Porque você me convenceu.
– Eu?

Entendi o mecanismo quando me permitiu nadar solta na piscina do prédio, isso, vai mesmo, aproveita o calorão, e me desancou quando saí do quarto de biquíni e canga, radiante, promovida de menina vigiada a moça que nada sozinha.
– Aonde você pensa que vai?
– Na piscina.
– Não tem ninguém pra ir com você.
– Mas, mãe, você não disse que...?
– Não começa, menina. Você que não cruze por aquela porta.

Carlos não mandou mensagem. A mãe não fala nele e desconversa quando falo. Minha sogra, o avesso; gasta tanto meu nome que, daqui a pouco, vou precisar de um novo. Nesta época do ano, então, vixe Maria: "a Júlia vive que nem solteira" para cá, "a Júlia não te dá valor" para lá. Acho que eu preferiria que ela me chamasse de "aquela lambisgoia" e nos poupasse a todos dos acentos que me enfia no U.

Tampouco mandei mensagem. Às vezes, atiço a saudade e deixo que se alastre. Nada instintivo, estranhar a falta de quem mora com você há... para lá de uma década; requer malícia. Quem consegue que não desperdice. Curto um pouco o afastamento antes de mandar *gif* de gato. Meus sogros, com bodas de esmeralda no lombo, ainda se convidam para ir no cinema e jantar fora. Dependendo de como me tratem, desconfio que não passa de fachada ou acho fofo.

Deitei no sofá, de pernas dobradas para não encostar o pé na mãe. Meus olhos lacrimejavam de bocejo; ela cutucava uma kalimba. Me mandou tirar um cochilo.

– Te acordo antes da virada.

Tropecei num sono aconchegante, esquentava igual febre leve.

Desde que me inculcaram que ano termina e se conta, espero acordada pela meia-noite que separa o velho do novo. Não perco uma virada. A mãe adora; vai de binóculo para a varanda assistir à queima de fogos. Compara cada espetáculo com recordações e leituras teóricas; tem o dom do diletantismo, minha mãe. Sugeri que montasse um blogue, *A pira técnica*, com os ensaios que escreve sobre foguetes e rojões no tom em que críticos de música da época dela discorriam sobre funk sinfônico.

– O crescendo impressionou o gato do zelador e a síndica surda.

As vizinhas do lado e as da frente batem por volta de meia-noite e meia para apertar um abraço, que Deus te ilumine e te proteja de metas alcançadas. A TV não esconde festa das capitais com maior concentração de renda. O vizinho da diagonal perde a noção do tempo agredindo a esposa. Boa parte de quem grita "feliiiz aaano nooovooo" na janela: mulher ou criança. Não presenciei nada disso; a mãe não cumpriu a promessa (e os fogos não deram conta) de me acordar.

XXV

Como vim parar no quarto? Nem ideia... Quando acordei, já a

luz do sol talhava mais fresta que trombava com parede. Manca ou serelepe, a mãe não aguenta meu peso. Quem aguenta tem duas mãos e penaria para embainhar corpo íntegro nos lençóis sem equipe de apoio. Como pode que não acordei? Será que ela dobrou a gorjeta do careca da padaria e pediu que me carregasse? Por favor, fato, não tenha acontecido, não se aloje no meu passado.

O celular transborda de nãos que me clamam como proprietária; Julia, a recusadora: chamadas por atender, mensagens a visualizar, notificações do *Guardian* e do *Financial Times* prestes a perder a cadência em que me alarmariam. Chega de notícia sobre quem não vive a minha vida. Planejarei sábado no zoológico para os animais me ensinarem a odiar, mas o Jabaquara é no fundo de lá longe, fora de mão, e, venhamos e convenhamos, não moro num conto da Clarice Lispector; você não me presenteou nem amaldiçoou com a valentia de executar plano tão pedante. Ao invés disso, em reação ao baque ainda por ser tomado (dentro de algumas horas, não se precipite), cancelarei a assinatura de jornais e vídeos – direto de Londres, como se Londres fosse logaritmo, não um aglomerado de arranha-céus que parecem pinto.

Nada do Carlos. Cuido disso daqui a pouco. A mãe acorda depois que para de dormir; eu, se café não empurra, nem por Jesus...

Fiz uma oração, lavei o rosto e zarpei para a cozinha. Não rezo todo dia, só quando tenho o que dizer.

– Feliz ano novo.
– Feliz. Quem me levou pro quarto?
– Como assim?
– Eu dormi no sofá, não dormi?

– Desmaiou.
– E como acabei de acordar na cama?
– Você saiu correndo.
– Hein?
– Quando começaram os fogos. Você não lembra?
– Não tem cabimento...
– Balancei teu tornozelo, "filha, filha". Você arregalou o olho pra mim, levantou e foi pro quarto, quase sem descolar o pé do chão.
– Você não chamou o cara da padaria pra me carregar?
– Que cara da padaria?
– O careca da ceia.
– Maluqueceu, menina?

XXVI

O que me fez esperar que uma ducha desanuviasse a memória? Branco total. Zero lembrança de ter andado para o quarto de próprias pernas ontem à noite. Pus maquiagem, espalhei perfume, armei coque rosquinha sem um fio de cabelo indomável; resmungo é direito constitucional (quem sou eu para proibir?), mas só me apaziguei ao desmanchar a coerência de quem resmungue que me emperiquito exclusivamente "sob as ordens de mamãe".

Mensagem de ano novo para o marido. Sem confirmação de recebimento.

– Câmbio?

Duas horas antes do combinado para que viesse me buscar, calma virou mito. E se passou mal, se sofreu um acidente, se, se,

se. Não. A família avisaria sem demora nem tato. Minha sogra tem seus defeitos e os aprimora, mas não é escrota. A criança dentro da barriga cobrou explicações. Dentro da barriga, contornável; como explico isso quando cobrar aqui fora?
– Isso o quê?
Carlos pode ter tido um piripaque à noite, sozinho lá em casa por minha culpa, capotado o carro no caminho de volta dos pais. E se ninguém sabe ainda? E se perco a bebê ao receber a notícia; que satisfação dou para os meus sogros? E para a minha mãe?
Torci que tivesse enchido a cara e agora dormisse ou variasse. Torcida igual a do Juventus essa, cega, desesperada; Carlos não bebe dois copos seguidos nem de suco. Há outra narrativa inocente ao meu alcance? Cadê? Me mostra.
– Natimorto tem velório?
– E alma?
Se for isso, se ele afogou as mágoas, posso gritar? Talvez dia de mutismo surta mais efeito.
– E se arranjou outra?
– Que merda, Julia.
– Com base em que indício você levanta uma suspeita dessas? Se vem outra, você nota. Você não é trouxa, é? Além do mais, ninguém é trouxa de se enrabichar por aí justo no Ano-
-Novo, com todo mundo investigando localização do mundo todo. Você tem consciência de onde para quando começa com suspeitas sem fundamento, não tem? Devagar com esse andor.

XXVII

Não engoli almoço. Da língua, escorre na palma; da palma, dobro no guardanapo. Não escuto aquele gemido nojento de refluxo, mas juro que contive todos?

– Uhghl!

A mãe não: contorceu os ombros em calafrio de náusea, me estimulou a comer, fez aviãozinho com o garfo. Ainda que o esôfago se dilatasse e eu fingisse apetite, uma desconhecida na fila do açougue teria me lido sem dicionário; imagina minha mãe, convicta de que me escreveu.

Ai, ai.

– Preciso perguntar que cara é essa?

– Pra quem?

– Pra você...

– Mn.

– Tá com medo de que a Venezuela do Sul ataque?

– A que ataca não é a do Norte?

– Mas você tá com pinta de quem tem medo da do Sul.

Obrigada, Carlos, por, como se não bastasse me deixar sem notícia, te assistindo de protagonista dum melodrama imaginário, fazer isso justo quando me encontro à mercê dela.

Falei a verdade. Ah não, Julia; a verdade, não. Vá estudar o manual da sua boca. O certo seria abri-la unicamente para rapar o prato e se despedir. Certo, não: seria grosso pra cacete, mas daria orgulho se eu conseguisse. O que faltava, empáfia?

– Meu marido.

– Que tem ele?

– Despencou da face da Terra.

A reação normal teria sido na linha de "comunique a polícia. Por que você não emenda o fim de semana aqui?", mas veio "melhor ir pra casa checar se aconteceu alguma coisa, né? Eu pago".

Como assim? Nem terminei de comer, não deu a hora combinada. A mãe cansou da visita? Sentiu mal e não aguenta pose de durona mais? Se amanhã ligarem da clínica "para informar que admitimos a Dona Rebeca Rubens", sumo e não te deixo rastro. Ou tem namorado novo na estrada?

– Não. Preciso liberar o velho. Tá no armário.

Quando escuta o que não falei, me arrepia os pelos arrancados.

Me despachou para casa: assim... a seco. Não pediu atualizações sobre o que (não?) vou deparar lá. Qual a indireta por trás daquele papo de Venezuela do Sul?

Por que sou transparente e você, opaca? Pare de me entender antes de mim. Se eu externasse essas ideias, você replicaria "quem nasceu da barriga de quem?". Que bordão degradante! Você não fede quando fala essa joça? Eu fedo escutando, *just for the record*. Até que ponto os genes ou a criação da qual não tenho coragem para me vingar me condenam a te repetir? Me proíbo de atirar uma barbaridade dessas na minha filha; vou abolir a palavra "barriga" para não me estabanar. Ventre, pronto: não come tanto doce, dá dor de ventre. Que imagem você quer passar com essa camisa mostrando o ventre, garota? Mãe, sorte sua que memória só abrange o passado; se pegasse o futuro, eu te perguntaria quem vai morrer segurando a mão de quem.

Por que você quer que eu volte para casa? Por que mulher brasileira não estuda a Guerra Civil Venezuelana na escola? Por que você quer que eu volte para casa?

XXVIII

Cheguei em casa esbaforida de preocupação. Por que não de medo? Do lado de dentro, bilhete colado na porta com fita adesiva.

Me tranquei no banheiro, na intenção de chorar antes de ler; mesmo sozinha, não dava para me expor. Pressa, de quê? Sequei as lágrimas. Fiz xixi. Respire fundo e retoque a maquiagem. Saia do banheiro. Não, assim não; a pé. Preparei uma xícara de chá preto com leite e arranquei o bilhete da porta da sala. Cadê lei que padronize esse negócio? Bilhete de marido fujão, só de próprio punho e fixado na geladeira com ímã de pizzaria, senão não vale.

Tinha outra.

Se isso aqui fosse filme ou série, o que aconteceria agora? A voz de um invisível leria o bilhete como se assolasse meu interior? Sendo livro, o que é mais pertinente? Que se reproduza aqui embaixo, *ipsis litteris*, cópia do anúncio do meu descarte?

– Nem a pau.

– Não permito.

– Não. Nem vem.

Lembro de sílaba por sílaba por palavra por frase, mas tampouco vou recitar. Lembro até dos espaçamentos e de quanto branco cada um continha. Às vezes, é um saco ser pessoa de ficção; dependo, ai de mim, do talento de um escritor mediano (iniciante, ainda por cima) até para reagir a chifre.

– Ei, vai descontar em mim? Isso que você sofre se originou sabe no quê?

– Compartilha a mensagem do jeito menos doloroso pra você, e bola pra frente, upa.

Tá. Não pediu perdão, pois se considera imperdoável, "eu no seu lugar...". Não agiu antes por apego.

– Sei... Comodismo, nunca?

– Responsabilidade, o que é isso?

Não esperaria até o parto porque se manter em dois casais ficou insustentável. Fosse eu do tipo de amarga que ri dessa ideia, quem eu seria? Não atingiu o grau de babaquice em que alega doer tanto nele quanto em mim; parou no grau em que nosso romance teve um fim justo porque ele não me merece. Entrará em contato daqui a alguns dias para organizar o futuro; jamais negligenciaria filho meu.

Filho – no masculino; nem toco no mérito de a quem pertenceu e a quem pertencerá – meu.

Deixei a xícara vazia no sofá, deitei no tapete da sala e dormi. Através da janela, vazava o ar seco de São Paulo, puro; não no sentido de "impoluto" (olha a imensidão dessa quenga de cidade), mas no de "não misturado", ar 100% municipal.

Sim, ar também se infiltra por janela fechada, senão as estatísticas de sufocamento doméstico seriam chocantes. Curioso que essa explicação se faça necessária aqui e ali, independentemente de classe social ou da geração de quem fecha a janela. Falando nisso... Engraçado como gente ao meu redor, inclusive euzinho, se machuca com desencanto de amor, mais que com dor física. Parece que amputar certos braços é menos traumático que divórcio. Talvez fome e surra da Guarda Civil Metropolitana doa bem mais que ser trocado e esse tipo de angústia só assole até o exagero último quem tivemos a sorte (não digo "privilégio" de propósito, quem tivemos a *sorte*) de tomar alimento comestível e teto sólido *for granted*.

– Que porra é essa?
– Achei que você precisava de ajuda...
– Então por que não ofereceu quando eu tava acordada?
– Você topava?
– Olha... Dá licença.

A luz não tinha mudado de posição quando acordei. Atravessei a casa dezessete vezes, da parede do quarto até a porta da frente. O caminho de volta, da porta até a parede: irrelevante.

A quem pertencia o apartamento agora? O quarto é meu. Se pego este bilhete, reconheço firma e registro B. O. na Polícia dos Bons Modos, meu marido será, no mínimo, fichado por adultério, cachorro.

Não tomei conhecimento das roupas que deixou para trás, da escova de dentes esquecida (a essa altura, trocada), do computador que alguém deve passar em missão de resgate porque (ao contrário de comentários sobre peso) vai fazer falta, do pedaço de pão mordido com geleia de laranja juntando formiga na pia da cozinha, de ter interrompido o cacoete de usar "nem" como vírgula.

– O que eu faria se eu não fosse eu? Você sabe?
– Achei que você não precisasse da minha ajuda...

– E não preciso mesmo. Tô pensando alto.

Quero meu pai, mas ele se converteria fácil em estorvo, talvez em problema. Quem fez mal para mim faz mal para ele. Me exortaria a marcar hora no escritório do Dr. Roberto e encomendar três pães de chocolate, um divórcio e uma pensão. Haja vigor. Tentei chorar de novo, não consegui. Comi inteira a bandejinha de 200 gramas de queijo prato que hesitava na geladeira com vencimento para hoje, fatia por fatia, todas amarelas e finas.

– Permite um comentário?
– Se não permitir, você fica quieto?
– Não.
– Então pra que perguntar?
– Porque sou educado.
– Que bom que você avisou, porque é difícil perceber.
– É importante...
– Fala.
– Esse Doutor Roberto é o advogado esperantista, pai da Cármen Destouches?
– De novo: não entendo pra que perguntar...
– É o seguinte: não decidi se o Doutor Roberto ainda tá vivo.
– Por que não estaria?
– Que esteja, ele não pode cuidar do seu divórcio.
– Por que não?
– O noivado da sua irmã foi a última ação jurídica dele. A Isis vai enfiar isso na história dela. Se você cogita o Doutor Roberto como seu advogado, fica contraditório.
– E de quem é a culpa?

– Minha, mas colabora.
– Que você quer que eu faça?
– Tenta chorar outra vez.
– Tentei. Não sai.
– Concentra. Vou me retirar. Tenta à vontade.
– Não vejo proporção, mas okay.
Agora deu certo; até escorreu meleca do nariz.

Me limpei, passei a terceira demão de maquiagem e voltei para a sala; eu não telefonava para a minha irmã de outro cômodo. Menos humilhante ironia contra o Carlos ou sarcasmo contra mim mesma? Ele que fez merda, por que a fracassada sou eu? Caiu na caixa postal. Ele que violou minha confiança, profanou votos assumidos diante de um padre; por que da amante os olhos que quero vazar? Desliguei na cara da telefonista robô e escrevi uma mensagem.

– Me liga assim que der.

O telefone vibrou antes que eu fechasse o aplicativo de mensagem.

– Julia? Que foi?

Contei. Sem ironia nem sarcasmo, direta ao ponto.

– O Carlos foi embora de casa.

A Isis que especulasse. Pediu o bilhete da porta. Tirei foto e mandei.

– Puta que pariu.
– Espera, vou ler novo.
– Mas que filho da puta!

Minha irmã não varia palavrão. Pelo menos, comigo. Acho que não conhece nenhum além de "puta".

– Tem lugar pra dormir aí?
– O sofá, um futon, minha cama…
– Arranja um colchão.
– Onde?
– Vê se uma vizinha empresta. Qualquer coisa, fico no sofá.
– Tá.
– Mas arranja um colchão. Tô indo aí.

Ainda bem que ela se prontificou. Era exatamente o que eu queria, mas jamais teria pedido.

XXIX

Encontrei o ainda marido dezessete dias depois, numa padaria chiquetosa de Higienópolis, onde um croissant de 30 graças (!) tem gosto de massa crua empapada de manteiga. Judeu ortodoxo não é fofo, de chapéu e com aqueles cachinhos? Quanto serviço falta em Brasília pro Congresso discutir a constitucionalidade de se vestirem assim em público?

– A gasolina tá barata, né?
– Pura vingança dos evangélicos.

Ao término do nosso encontro, vou sair em polvorosa, mas nada a ver com o Carlos nem com preço de doce. Como estreia de ex, não aproveitamos nem metade do potencial de xaropada; eu, no lugar de um dos chapeludos de costeleta na mesa da frente, teria me desiludido.

A Isis tem razão.

– Sentiu que relou no fundo do poço? Espera pra ver o que a mãe apronta.

– Ou já aprontou...

A outra deve ser bem novinha ou eu devo ser uma bruxa; não demorou para que ele embonitasse. Emagreceu quantos, três? Quatro? Chegou a pé, de blazer novo, barba cheia... Quis contornar a mesa e me dar um beijo, onde?, no rosto. Ridículo no meio do movimento, me analisando.

Agora suscito precaução.

Não me mexi, não retribuí os salamaleques de cumprimento. Mantenha distância. Quem se importa com felicidade deve evitar comparações longe do ambiente profissional. Apontei a cadeira.

Tagarelamos desenfreadamente, mas conversa, conversa mesmo, custa a deslanchar. Patina em "e aí, tudo bem?", derrapou em assuntos cobre-fogo ("viu o país novo no sul da Europa?") e levanta cambaleante, se apoiando em "e aí, como vão as coisas?".

Pergunta se eu trouxe o computador. Não era a questão, pois o computador teria que ser microscópico para levantar essa dúvida.

– Você esqueceu?

– Não. Deixei em casa.

A gente sempre falou separado, cada um pronunciando as próprias frases. De repente, isso me pareceu novidade. Dali em diante, lembrei que, até então, a gente falava assim:

– Vonão cêdei? Esxei que em ceucasa.

– Nãovo deicêxei? Esemque caceusa.

Não corri o risco de que o computador quebrasse. Compreensível se o pós-marido tiver desconfiado de artimanha para que fosse lá em casa buscar. Nada disso. Vou fazer o que com você lá em casa, meu filho? Transar? Com tesão de quem? Derramar poção do amor no seu café? A condição de corna civilizada é embaraçosa o suficiente; já pensou se apareço ali com tela numa mão e teclado noutra? Me poupe. A namoradinha me acusaria de ter quebrado por desforra, e o cavalheiro empedernido se veria na obrigação de me defender.

– Conheço a Julia, neném...
– Orgulhosa demais pra isso.

Caímos em mais uma rodada de lengalenga. Carlos se surpreendeu porque a Isis dirigiu de Itatiba para cá.

– E a sua mãe?
– O que que tem?
– ...
– O que que tem a minha mãe?
– Como ela reagiu?
– Ela não sabe.
– ...
– Vou esperar um pouco.
– ...
– Aliás, se você por acaso falar com ela, não conta, tá?
– Ah, Julia, que chato.
– Eu sei. Mas não vai te arrancar pedaço, vai?*
– Não é isso.

---

* – Se dá conta de repetir as palabras do seo pae?
– Quantas tem no dicionário?
– Cento noventa y três mil, docentos setenta y cuatro.
– Se largo todas que ecoam, tô fodida. (Nota da consciência)

– ...
– ...
– Não é isso o quê?

Minha mãe sabia. Dia 26 de dezembro, o Carlos se esgueirou até a casa dela, tímido e meticuloso e sedutor como quem interrompe frase atrás do dente e corre até a loja de material de construção à procura do prefixo que encaixe no verbo por cuspir, para avisar que se mudaria na surdina da minha. Pediu sigilo e para que ela cuidasse de mim.

– Cuidar de mim? Como se eu fosse o quê?
– ...
– Responde! Como se eu fosse o quê?
– Julia...

Antes de dizer meu nome, tomou fôlego e abriu a boca para me chamar de amor, mas se corrigiu a tempo. Quem considera impossível alterar o passado desconhece a força da língua portuguesa.

Agradecimentos

Adhemar Garcia Netto
Aline Totoli
Ana Carolina Bittar
Ana Lúcia Cruvinel
Ailton Paulino dos Santos
Camila Abrão
Clube Atlético Juventus
Diva Barbaro Damato (in memoriam)
Glauco Mattoso
Guilherme Beltrami
Guilherme Costa
Honoré de Balzac
Iumna Maria Simon
José Roque de Oliveira Silva
Laranja Original
Liane Schroeder Garcia
Luzia Passarini
Maria de Fátima Custódio
Mingus Rosquinha Goldenberry
Nana Araujo
Octavio Cariello
Rafael Calixto
Robert Silva (in memoriam)
Sebastian Knight
Sergio Spadari
Talking Heads
Tamara Abrão
Vila Leopoldina
Ysmara Abrão

© 2021 Daniel Knight
Todos os direitos desta edição reservados à Laranja Original.

www.laranjaoriginal.com.br

Edição Filipe Moreau
Projeto gráfico Marcelo Girard
Capa Marcelo Girard, óleo sobre madeira
Fotografia Cesar Cury
Produção executiva Bruna Lima
Diagramação IMG3

Dados Internacionais de Catalogação na Publicação (CIP)
(Câmara Brasileira do Livro, SP, Brasil)

Knight, Daniel
　　Ninguém nesta família morre de amor : a ateia, parte 1 / Daniel Knight. -- São Paulo : Laranja Original, 2021.

　　ISBN 978-65-86042-24-5

　　1. Romance brasileiro I. Título.

21-83694　　　　　　　　　　CDD-B869.3

Índices para catálogo sistemático:

1. Romance : Literatura brasileira B869.3
Aline Graziele Benitez - Bibliotecária - CRB-1/3129

Laranja Original Editora e Produtora Eireli
Rua Capote Valente, 1.198
05409-003 São Paulo SP
Tel. 11 3062-3040
contato@laranjaoriginal.com.br

Fontes Janson e Geometric *Papel* Pólen Bold 90 g/m^2 *Impressão* Forma Certa *Tiragem* 200 exemplares *Novembro de 2021*